# 香氛巧廚娘

下

風 文創
1166

九葉草 著

風 文創 1166

# 目錄

## 第二十一章　半路遇匪

「盛小姐。」雲宓笑咪咪地看著盛心月，她現在有種老母親心態，對盛心月越看越滿意。

「二嫂可以叫我心月，有什麼話但說無妨。」盛心月道。

「心月，是這樣的，妳看妳跟我們家三郎現在還不怎麼熟識，彼此也不了解，貿然成親，若是之後發現三郎是個花心好賭的浪蕩子，吃虧的可是妳。」

「我什麼時候是花心好賭浪蕩子了？」齊子驍急了。「二哥，你快管管，二嫂誣衊我！」

齊淮有些頭疼地擺擺手道：「閉嘴，聽你二嫂說。」

看到這一幕的盛心月更覺滿意，看來這戶人家對女人很尊重。

「我家三郎腿上有疾……」

盛心月回道：「我不介意。」

齊子驍忍不住說：「二嫂，她就喜歡瘸腿，人家腿不瘸她都得把人的腿給打瘸了。」

盛心月皺眉看著齊子驍說：「我什麼時候說過我喜歡瘸腿的了？」

「妳不喜歡瘸腿的，還非得嫁給我？」齊子驍反問。

盛心月跟雲宓看著他，一時無語。

齊子驍又道：「縣裡好多人都知道，但凡想要娶妳的，都要先打斷一條腿，妳不是喜歡瘸腿的是什麼？」

此話一出，連齊淮跟齊朗都說不出話了。人家的意思是瞧不起那些來求親的，怎麼到他嘴裡就成了喜歡瘸腿的了？

雲宓訕笑道：「盛小姐，妳也看到了，我家三郎腦子有時候不太靈光。」

盛心月忍不住輕笑一聲，然後擺手道：「二嫂放心，我不嫌棄，反而覺得有趣得很。」

雲宓說道：「那、那就好。」這就是所謂的情人眼裡出西施嗎？

「好什麼好？誰腦子不靈光了？妳快走吧，我不會娶妳的。」齊子驍不耐煩了，直接趕人。

齊子驍幾次不給盛心月面子，盛心月也不再執著，淡笑道：「既然齊三公子如此決絕，那今日的事就當我沒提過。」

「啊？」雲宓愣了一下，這也放棄得太快了吧？當然了，如果齊子驍不樂意，也沒人能逼迫他。

「心月，感情的事沒辦法勉強，畢竟以後要一直生活在一起。」雲宓安慰盛心月。「三郎孩子心性，目前不太適合成親，你們可以試著再互相了解一下。」

「嗯，我知道了。」盛心月笑著點頭，話鋒一轉。「齊三公子去我那裡說是想談筆生意，我想好了，可以談，但我有個條件……」

「我說了我不會娶妳。」齊子驍打斷她。「妳有完沒完啊？」

「不是要讓你娶我，換條件了。」盛心月道。

齊子驍狐疑地看著她說：「妳有什麼陰謀？」

盛心月挑眉笑了一下，道：「若是在我的茶舍賣肥皂，自然需要一個主事者，只要齊三公子擔任這個角色，我就答應這筆買賣。」

「我不同意。」齊子驍想也沒想就回道。

「怎麼，不敢？」盛心月站起身，仰頭直視著齊子驍的雙眸，挑釁道：「怕我吃了你？」

「我怕？」齊子驍指了指自己的鼻子，瞪著盛心月道：「我會怕妳一個女子？」

「那你敢不敢主事？」

「當然敢了。」

「好，那就這麼定了。」

盛心月立刻拍板，沒有給齊子驍留下任何反悔的餘地。

雲宓在一旁看著，心想這盛家姑娘果然聰明，精準抓到了齊子驍這種禁不起激的性格劣勢。

「契約我已經擬好了，若是可以，就簽字吧。」盛心月將契約遞給雲宓。「二嫂，請過目。」

雲宓看不懂，便遞給了齊淮。

齊淮接過來仔細看了看，這上面的條件都是之前他們商量好的。

他們要將知之茶舍作為賣豬油皂的主要地點，每逢販賣肥皂的日子，所有進入知之茶舍的客人都要繳交二十文錢的入場費，說書先生會上臺用故事講解各種肥皂的用處，講完後便進行銷售。

這是雲宓的想法，她參考現代的直播帶貨手法，想出了這招。他們可以每天上午、下午跟晚上各來一場，想買的就參加，讓大夥兒知道要買雲記的東西就去知之茶舍，以後若有了新品，也容易售出。

入場費全都給盛心月，另外再從銷售所得的銀子裡拿出一成給她，算是場地租賃費。

這條件算是很優厚了，齊淮之前就料到盛心月一定會同意，但千算萬算還是沒算到盛心月會看上齊子驍。

看著最後一條由齊子驍擔任主事者的條款，齊淮看了齊子驍一眼。這契約是早就寫好的，說明盛心月早就預料到了結果，而他家的三郎還傻乎乎的呢。

「三郎，你確定？」齊淮問道。

齊子驍哼了一聲說：「我一個男人難不成還怕她一個女人？」

小孩子要受一些敲打才會成長，齊淮也沒多說，執起筆在契約書上簽了字。

雲宓雙手托腮看著齊子驍，心想這個人真的好傻啊。盛家姑娘不僅行事風格獨特，看男人的眼光也很獨到。

她的視線從齊子驍身上轉移到齊淮稜角分明的側臉上，然後笑彎了眉眼——還是她家齊二哥聰明睿智。

盛心月自齊家離開後回到了知之茶舍，盛子坤早已在此等候多時，他一看到她，便皺眉問道：「妳去哪兒了？」

「去南雲村齊家提親了。」盛心月拿起茶壺倒了杯水緩緩喝下。

盛子坤倏地站了起來，瞪著她說：「妳一個姑娘家，能不能有點兒女人的樣子，不要總做些驚世駭俗的事情，還想不想嫁人了？」

「我想啊。」盛心月懶懶道：「我看上人家了，可惜人家沒看上我。」

「妳這麼……」盛子坤本想說「沒皮沒臉」，但到底不想打擊自家妹子，於是換了個詞。「妳這麼主動，沒有男人會喜歡的。」

「我喜歡他就好了，為什麼要讓他喜歡我？」

「妳、妳、妳……」盛子坤指著她，氣得半天說不出話來。

盛心月冷笑一聲道：「男人不都是這樣嗎？看上個女人就強取豪奪，女人不願意也得願意，我看上他卻沒有強求他，比男人還強呢，怎麼就不行了？」

「妳……」盛子坤氣得摔了個杯子。「簡直荒唐！」

「荒唐又如何？人生不過幾十年，男人活得這麼自在，為什麼女人就不成？」

「妳、妳哪來的這些歪理？」盛子坤要被盛心月這番言論氣炸了。「妳小時候挺乖巧的，怎麼大了這麼不聽管教？」

盛心月笑了笑說：「俗話說有其父必有其子，你不像咱們爹左一個侍妾、右一個姨娘的，我總該幫他把家風發揚光大吧。」

「妳……」盛子坤在屋內不停地轉圈。「這齊家三郎是個不錯的小子，妳要是真看上他，哥可以幫妳去說和啊。妳這麼大，也該嫁人了，怎麼就不知道為自己打算呢？」

「那你現在去幫我說和啊？」盛心月對他笑笑。「去吧，我等你的好消息。」

這下盛子坤乾脆轉身就走。他早晚會被自己這個不省心的妹子活活氣死。

盛心月走後，齊子驍像個沒事的人一樣跟在雲宓身邊要吃要喝的，雲宓忍不住問道：「你不覺得盛家小姐很漂亮嗎？」

「還行吧，也就那樣，我見過太多美人了，沒什麼感覺。」齊子驍盯著鍋裡的羊奶。「又做羊奶奶酪嗎？」

「不，這次做炸鮮奶。」雲宓好奇地看向他。「你見過很多美人？」

「那當然了。」齊子驍靠在門板上。「環肥燕瘦都見過，女人對我沒有吸引力。」

雲宓「嘖」了一聲，小屁孩還挺能裝的嘛！

「那你喜歡什麼樣子的女孩子？」雲宓問他。

「我喜歡什麼樣的女孩子？」齊子驍皺眉。「我為什麼要喜歡女孩子？」

「你不喜歡女孩子？」雲宓驚訝地張了張嘴，然後又閉上了。其實古代還挺流行斷袖情的，作為一個新時代的女性，怎麼能歧視他們呢？

雲宓用力拍了拍齊子驍的肩膀道：「沒關係，二嫂支持你。」

「支持我什麼？」齊子驍皺眉。「妳別支持這支持那了，這炸鮮奶什麼時候做出來？」

「馬上好了。」雲宓不禁有些發愁。齊淮和齊朗能接受這種事嗎？到時候不會把三郎的另一條腿給打斷吧？不過，好在有靈泉水，只要不死，她都能救回來。

齊子驍這次從縣裡帶回了藥材，製作麻沸散的材料便湊齊了。

雲宓著手製作麻沸散，齊子驍要麼做肥皂要麼帶人去山上採花，齊朗還是忙蓋房子的事情，至於齊淮則專心寫故事。

這故事要交給知之茶舍的說書先生去講，雲宓將自己腦子裡那些稀奇古怪的故事說給齊淮聽，齊淮再加以潤色變成適合聽眾接收的內容，裡面巧妙地融入各種香皂和肥皂，雲宓稱之為「置入性行銷」。

雲宓每次聽齊淮讀這些故事給她聽，就覺得齊淮要是生在現代，很適合擔任廣告行銷，因為什麼文案都難不倒他。

雲老大去白石鎮收豬胰子，這豬胰子不是什麼好東西，見有人要，那些屠戶便毫不猶豫地賣了。

白石鎮距離西田鎮約一個多時辰的路程，雲老大花大半天收了兩百多斤豬胰子，如今天氣轉熱，若是稍有耽擱，豬胰子怕是就壞了，於是傍晚時，雲老大便趕著牛車返家。

為了快些抵達南雲村，雲老大走了近道。這近道要路過龍虎山，小路有些難行，但走這裡能節省很多時間，以前雲老大走過很多次。

靠在樹上打盹的程三虎被鄺大龍晃醒，程三虎忍不住瞪他一眼道：「幹麼？」

鄺大龍往山下努了努嘴道：「你看。」

程三虎順著他的視線看過去，便瞧見有人趕著一輛牛車晃晃悠悠走了過來，車上還裝了好幾個麻袋。

「普通老百姓，老大不讓搶。」程三虎打了個哈欠。「今天怕是沒有收穫了，回去吧。」

「先下去瞧瞧車上是什麼，萬一是裝的呢？」鄭大龍摸著腦袋。「上一次不就差點兒讓人騙了？那人穿得破破爛爛，其實麻袋裡全是金銀珠寶。」

「也是。」程三虎瞇起眼使勁瞧了瞧。「這人看著不像老實人，先去瞅瞅車上是什麼。」

兩人商量好了，便拿著大刀從山上跑了下來，借勢一躍正好站在雲老大面前，程三虎面色不善地問道：「車上是什麼？」

突然冒出這麼兩個人，雲老大被嚇得直接從牛車摔到地上，驚慌失措道：「你們、你們是、是誰？」

「山匪，沒見過？」鄭大龍說著來到牛車旁，用刀柄拍了拍車上的麻袋。「這什麼啊？軟趴趴的，不像糧食。」

「兩位大爺，那是不值錢的東西。」雲老大雙膝跪地，嚇得渾身直發抖。「真的不值得搶。」

相較於鄺大龍，程三虎直接多了，他從靴子裡掏出一把匕首朝麻袋劃了一下，然後「嘔」的一聲跑到一旁。那股臭味直衝腦門，害他吐了。

「那是什麼啊？」鄺大龍後退幾步，皺著眉看向雲老大。

「這、這、這這……」雲老大嚇壞了，「這」了半天沒說出個所以然來。

「是豬胰子。」程三虎吐完後又堅強地捂著鼻子走回來辨認了一下。「這玩意兒可沒人吃，屠戶一般都會扔掉，你買這麼多幹麼？」

「我我我……」

「不會對你怎麼樣的，好好說話。」鄺大龍不耐煩道。

雲老大好不容易平靜了一些，顫抖著聲音道：「家、家裡窮，要買回去榨油吃，兩位大爺若是需要，你們拿走好了，只要給我留條命。」

「榨油？」程三虎和鄺大龍又不是傻子，自然不信。程三虎說：「榨油用不了這麼多，說實話，這是用來做什麼的？」

雲老大這次緊咬牙關不肯開口，鄺大龍直接一腳踹過去道：「說不說？不說就把你扔下山餵狼。」

「我說、我說……」雲老大忙求饒。「這是買來做肥皂的。」

「肥皂？」鄺大龍皺了下眉，與程三虎對視了一眼。

泗寧縣熱烈討論的肥皂他們也有所耳聞，知道這是個好東西，可是豬胰子和肥皂有什麼關係？

鄭大龍蹲在雲老大身邊，用刀柄挑了挑他的下巴道：「豬胰子可以做肥皂？」

「是，肥皂就是用豬胰子搗成泥和草木灰拌在一起做成的。」雲老大哭喪著臉道。

鄭大龍和程三虎都露出了驚奇的眼神，肥皂的做法竟這般神奇？

「你就是雲記那個掌櫃？」鄭大龍看著雲老大。他們見過的肥皂上印著「雲記」二字，那麼會做肥皂的自然就是雲家人了。

「是，我是姓雲，但……」雲老大不知道要是說自己是雲記的掌櫃，會有什麼下場，所以不敢冒認。

猶豫之間，程三虎插嘴道：「我聽說雲記掌櫃是個女的。」

「我不是雲記的掌櫃。」雲老大忙道。

「那你為什麼會做肥皂？」程三虎問道。

「我……」雲老大遲疑著不肯說。

鄭大龍拽著他的胳膊道：「不說實話是不是？那就下去吧！」

「啊啊啊啊，我說！我說……」雲老大為了活命，忙將雲宓與自己的關係還有吳峰猜出肥皂配方的事情說了一遍。

鄺大龍「嘖」了一聲，將雲老大甩開，不屑道：「原來是個黑心肝的啊。」
程三虎湊過來小聲說道：「既然這樣，咱們也可以做肥皂啊。」
「不好吧……」鄺大龍摸了摸鼻子。「這可是老百姓的生計，咱們要是把人搶了，不是缺德嗎？」
「他們在泗寧縣賣，咱們賣到其他縣不就行了。再說，咱們都混成山匪了，還講德行？」程三虎道。
「也對，都活不下去了，還講個屁德行啊。」鄺大龍立刻道：「把豬胰子跟這人一併帶到山上去，讓他做給咱們看。」
「大爺、大爺，饒了我吧……」雲老大忙磕頭求饒。「我不想死，放過我吧……」
「死不了。」程三虎將他拽起來。「不只不會讓你死，還會給你銀子，你只要教我們怎麼做肥皂，這一車豬胰子我們也會付錢，做完就讓你下山。」
「真、真的？」雲老大顫巍巍地問。
鄺大龍大刀一甩道：「當然是真的，我們山匪說話，向來一言九鼎。」
根據靈泉水上的配方，雲宓成功製造出麻沸散，只是有沒有作用就不知道了。
雲宓盯著麻沸散半天，決定親自「下海」試試看，畢竟她挺好奇這麻沸散到底是什麼效果。

將藥罐裡的湯汁倒進碗裡，雲宓端著碗進了房間，齊淮正在屋內來回走著，他的身體一天好過一天，身上的無力感已經徹底褪去，比上次的狀況好了許多。

見雲宓端著碗進來，齊淮自然地伸出手，雲宓卻躲開道：「不是給你喝的。」

「嗯？」齊淮納悶。「誰病了？妳嗎？哪裡不舒服？」

眼見齊淮的模樣有些焦急，雲宓忙道：「沒人生病，這是麻沸散。」

齊淮看著碗內那黑乎乎的液體，道：「我曾聽聞過世上有喝了後能讓人全身不能動的藥物，但從未親眼見過，這個真的可以嗎？」

「我也不知道，所以我打算先試試。」雲宓說完不等齊淮反應過來，便一仰頭將碗內的麻沸散喝了個乾淨。

好苦、好難喝……這是雲宓的第一反應。

「雲娘！」齊淮大驚失色。「妳……」

雲宓歪了歪頭，活動了一下手腳道：「我挺好的，沒什麼感覺。」

「誰讓妳亂來的？」齊淮忍不住斥責了一句，然後扶著她在炕邊坐下，急道：「我讓三郎去找郎中過來。」

「別。」雲宓忙拉住他的手道：「你放心，沒事，我心裡有數。」

雲忞不覺得自身有什麼異常，心想可能麻沸散的作用比較慢，她乾脆坐在炕上等待，還安撫齊淮。「齊二哥，等會兒要是我不能動了，你千萬別害怕，這就是麻沸散的作用，過了這個勁就好了。」

「妳怎麼如此大膽？」齊淮有些惱恨自己剛才沒能阻止雲忞，但又不能對她發火，一時之間臉色有些難看。

雲忞嘻嘻笑了一聲，突然跪坐在炕上，雙手捧住齊淮的臉道：「你別對我生氣，我害怕。」

此時雲忞說話開始有些大舌頭，臉頰也變得紅潤，但她好似未有自覺，摟住齊淮的脖子抱上去道：「齊二哥，你是我見過長得最好看的人，別板著臉，這樣不好看。」

「雲娘……」齊淮沒有被誇讚的喜悅，只有濃濃的擔憂。雲忞整個人都軟綿綿的，一絲力氣都沒有，他將她放在炕上，低頭看著她說：「有沒有哪裡不舒服？」

雲忞眨了眨眼，只覺得舌頭發麻，手指動不了，大腦有些暈，面前的人離自己越來越近，模樣秀色可餐……

她用盡力氣抬頭親向近在眼前的薄唇——沒什麼感覺，她的嘴唇好像麻了……

雲忞閉上眼睛，然後徹底倒下。

齊淮摸著自己的唇好半天說不出話來，這麻沸散的功效到底是什麼？

他的手指搭在雲宓的手腕上，脈搏跳動有力，確實是麻沸散起了作用，只是不知道會不會對身體有什麼影響，這雲娘真是太胡來了……

# 第二十二章　斷腿接骨

雲宓再次醒來時屋內很暗，旁邊傳來抽抽噎噎的聲音。「二嫂，妳可千萬別有事啊，妳要出了什麼事，我也不活了。」

「閉嘴……」雲宓好不容易睜開眼睛。

見狀，齊子驍大喊一聲。「二哥，二嫂醒了！」

齊淮就站在一旁，忙俯身道：「怎麼樣，有沒有哪裡不舒服？」

雲宓看著他道：「你打我了嗎？」

「什麼？」齊淮慌了，有些手足無措。「妳哪裡疼？三郎，快去喊郎中……」

「不不不……」雲宓忙去拽齊淮的手。「我不是這個意思……我是說你有沒有試試看打我我會不會疼，我什麼感覺都沒有。」

齊淮一口氣梗在喉頭，半天才道：「我沒打妳。」

「你……」雲宓掙扎著從炕上爬起來。「我都喝下麻沸散了，你怎麼不試一下？平常覺得你挺聰明的，怎麼到了正事上就傻了呢？」

說好的心有靈犀呢？她這麻沸散白喝了嗎？也怪她先前興奮，沒想到這一點，忘了提醒他。

齊淮深深地吸了口氣，好半天才隱忍道：「妳活動一下手腳，看看還有沒有不舒服？」

雖然覺得可惜，不過雲宓聽話地動了動手腳，接著渾身無力往一旁歪去，齊淮眼疾手快將她抱在了懷裡。

雲宓軟趴趴地靠著齊淮，對齊子驍道：「三郎，二嫂為了你也算是赴湯蹈火了，你以後要聽二嫂的話。」

「我知道了，二嫂，以後我再也不在心裡說妳壞話了。」齊子驍紅著眼道。

「說我壞話？」雲宓急了。「你在心裡說我什麼壞話了？」

齊子驍忙捂住嘴，雲宓吃力地拍打著齊淮的胳膊，怒道：「你都聽到了，這次不能幫著他了吧？」

齊淮無奈地嘆了口氣，對齊子驍擺擺手說：「你先出去。」

只見齊子驍抽噎道：「二嫂，妳相信我，以後妳說什麼是什麼，除了二哥，我只聽妳的，咱們爹都排在妳後面。」

雲宓很想翻白眼。小屁孩，等她有力氣了，非得揍他一頓不可！

齊子驍出去後，雲宓仰靠在齊淮懷裡看著他說：「齊二哥，你生氣了？」

「嗯。」齊淮淡淡看著她。「雲娘，妳太胡來了，以往什麼事情我都由著妳，但今天這事妳太自作主張了。」

「我這是怕你不同意嘛。」

「怕我不同意，妳就先斬後奏？」齊淮皺眉看著她。

雲宓察覺氣氛不對，乾笑兩聲，在他胸口上輕撫著說：「好了，別氣了，氣大傷身，我覺得麻沸散的效果不錯，我昏睡了多長時間啊？」

齊淮見她絲毫不當回事的樣子很是無奈，最終將內心的慌亂與煩躁壓下，伸出手指在她光潔的額頭上輕輕點了點道：「妳啊……昏睡了差不多一個多時辰，喊也喊不醒。」

「看樣子行得通，就是沒做疼痛測試，要不再來一次？」雲宓問。

「雲娘！」齊淮厲聲喝斥。

「好好好，我胡說的。」雲宓忙安撫。「別生氣，你火氣這麼大幹麼啊。」

齊淮愣了一下。是啊，他這麼生氣幹麼？與他一起相處過的同袍都說他向來鎮定，為什麼現在會如此不冷靜？

他深深看著雲宓道：「妳還記得妳昏迷前做過的事情嗎？」

「啊？」雲宓眼睛轉了轉。她當然記得了，雖然暈暈乎乎跟喝了假酒似的，但她沒忘記自己乘機調戲齊淮，還親了他一下，不過只可惜當時嘴唇麻了，沒品出什麼滋味。

雲宓盯著齊淮那微微抿著的薄唇，努力壓下再親一次的衝動，無辜地看著他說：「我當時腦子亂得很，都不記得我做過什麼了。」

齊淮看著雲宓，過了好一會兒才低聲道：「那妳想知道妳做了什麼嗎？」

雲宓眨眨眼，突然翻身從齊淮懷裡滾了出去，背對著他用被子裹住自己，心虛道：「我自己回憶，不用你告訴我。」

齊淮失笑，伸手在她腦袋上揉了一下。

雲宓忍不住伸手摸了摸自己的唇，臉上有些發熱。

麻沸散既然有用，那麼接下來就要替齊子驍治腿了，翌日一家人正商量著，村裡突然傳來了敲鑼聲，家家戶戶的人都跑了出去，沒一會兒南文錦就氣喘吁吁跑過來說：「齊二嫂，雲老大被山匪抓走了！」

「什麼？」雲宓驚道。「真的嗎？」

南文錦忙不迭地點頭道：「是真的，聽說他去了白石鎮，一直沒回來，家裡派人去找，有看到他的人說他走了近道，路過龍虎山，之後牛車和人都不見了。」

「龍虎山？」雲宓問。

「白石鎮的龍虎山最近來了一群山匪。」齊朗道。

雲宓聞言，頓覺神清氣爽。山匪要是把雲老大抓走就太好了，這就是報應啊。

不過雲宓表面上卻很是關心地說道：「那可太慘了，還能找回來嗎？」

「不知道。」南文錦搖搖頭。「我爹正召集村裡的人去找呢，讓我過來喊人。」

「我去。」齊朗站起身，就要跟著南文錦往外走。

見狀，雲宓忙踹了齊子驍一腳，齊子驍頓時心領神會，嚷了一聲。「啊，我腿好疼，好疼。爹，我難受……」

雲宓也雙手抱住齊淮的胳膊說：「齊二哥，你怎麼了？別嚇我，你臉色怎麼如此難看？」

齊淮知道雲宓的意思，一句話也不吭。

「爹，您快來看看齊二哥和三郎，他們這是怎麼了？」雲宓驚慌地喊著。

齊朗不疑有他，著急地上前問道：「二郎、三郎，你們哪裡不舒服？」

南文錦也著急道：「齊二哥和齊三哥沒事吧？」

雲宓說：「不知道，我馬上就去請郎中，但是文錦，我爹可能沒辦法去找人了，你跟南叔說一聲，要是家裡只留我一個人，可照顧不了兩個病人。」

「行，我跟我爹說。」南文錦轉身就跑了。

雲宓立刻鬆了口氣，齊子驍也不叫喚了，兩人對視一眼，雲宓便輕哼一聲道：「真上山找山匪，咱們爹要是受了傷怎麼辦？為了他可太不值當了，不去。」

齊子驍點頭說：「就是，二嫂說什麼都對。」

聞言，齊淮無奈地搖了搖頭，齊朗這才曉得剛才的一切都是場戲。

此時雲老大家已經亂成一鍋粥，雲老大失蹤了兩天，吳峰也急得團團轉，他跟柴武軒簽訂了契約，十天內要交出五千塊肥皂，若是規定時間內交不出貨，就要賠償柴武軒五十兩銀子。

現在雲老大找不著，家裡也沒人做肥皂，再拖下去可真就要賠錢了，他們家哪有這麼多銀子啊？

「不行，咱們爹得找，但肥皂也要做。」吳峰對雲鳳道。

雲鳳氣得打了他兩下說：「你到現在還想著賺錢呢？那可是我爹！」

「我當然知道那是妳爹了，不過要是交不出貨來，咱們要賠償五十兩銀子，哪來這麼多錢？」

雲鳳一下子說不出話來。

「有那麼多人去找爹，不差咱倆，我們就在家做肥皂，我去收豬胰子。」吳峰道。

吳峰著急的時候，龍虎山上剛剛做出了第一批肥皂，山寨的大當家穆銘拿著這一小塊黑乎乎的東西，拍著雲老大的肩膀道：「這真的就是肥皂？」

雲老大顫巍巍道：「還得等風乾成塊，現在不能用。」

「你別害怕，我又不吃人。」穆銘摸摸自己的臉——多麼俊俏啊，怎麼誰見了他都兩腿打顫呢？

「放心吧，等風乾後確定是肥皂，就送你下山。」穆銘笑咪咪道：「我們龍虎山的山匪都是良善之人，說話算數。」

雲老大哭喪著一張臉道：「是、是，我相信你們。」

穆銘滿意極了，做山匪做到他這分上，可真是太難得了。

五十斤豬胰子加上草木灰差不多能做五百塊豬胰皂，五千塊豬胰皂就需要五百斤豬胰子，吳峰找遍了附近幾個鎮子，竟然連一斤豬胰子都沒能收到，說是早已經被人買走了。

吳峰急得不得了，卻又沒有任何辦法，只能到處打聽哪裡有豬胰子。

齊朗家這邊，也正在討論豬胰子的問題。

「我本來想去附近鎮上搶先一步收豬胰子，但聽說有人提早一步都收走了。」齊朗拿起碗咕咚咕咚喝了一大碗涼水。

「收走了？」齊淮皺眉。「吳峰的動作那麼迅速？」

「不是他收的。」齊朗搖頭。「他現在收不到，正焦頭爛額呢。」

「不是他？」齊淮思索片刻後道：「在肥皂沒出現之前，這豬胰子可沒人在意，吳峰猜出了肥皂的配方所以去收豬胰子，那麼另外一個收豬胰子的人是誰？難道他也知道了配方？」

「配方這麼容易就能想到嗎？」齊子驍撓撓頭。「可我想不出來，那豈不是顯得我很傻？」

雲宓接話道：「雖然你真的很傻，但有人分析了咱們賣出去的豬胰皂想出配方也不足為奇，就像吳峰那樣。」

齊淮手指敲著桌面，若有所思地說：「龍虎山上的山匪為什麼要抓雲老大？」

「搶劫……」齊子驍話說到一半，皺了眉。「對啊，山匪搶劫，無非就是為了銀子，雲老大身上哪有銀子，有的只是一車豬胰子，搶不到銀子，好心點兒就把人放了，不好心就把人殺了，怎麼會連人帶車一起帶走呢？」

「想要贖金？那山匪還不至於傻到綁架雲老大，所以……」齊子驍一拍桌子。

不等他開口，雲宓已經說道：「所以很可能是山匪知道了肥皂的配方，所以搶先一步買豬胰子做了起來。」

齊子驍話憋在喉頭，好半天才委屈道：「妳怎麼能搶我的話呢？」

「誰先說出來就表示誰聰明。」雲宓得意道。

齊淮已經習慣了兩人天天小孩子似的鬥嘴，想了想道：「爹，您好好注意吳峰，別讓他收到豬胰子，再等兩天，便託盛掌櫃將方子交給縣令大人。」

「這些都不要緊，現在咱們家的大事就是要打斷三郎的腿。齊二哥，你準備好了嗎？」雲恣拍拍齊淮的肩膀。

齊淮點頭道：「我覺得應該可以了，若是力氣不足，到時無非就是三郎多吃些苦頭，沒關係的。」

這話讓齊子驍摸著自己的腿，唉聲嘆氣。「這條腿到底是保不住了嗎？」

南雲村的人在南世群的帶領下在龍虎山四周搜尋時，雲恣熬煮了一鍋麻沸散，齊朗緊張地在院中轉圈，齊淮則在屋內活動雙手，然後拿過一個杯子握在手裡想用力捏碎，但杯子卻完好無損。

看到這一幕，齊子驍輕聲道：「會好起來的。」

齊淮笑笑，拎起一旁的木棍說：「若是好了，想捏你哪塊骨頭就捏你哪塊骨頭，現在只能打斷哪裡算哪裡了。」

此話一出，齊子驍不禁打了個冷顫。

喝下一碗摻了靈泉水的麻沸散，沒一會兒齊子驍的腦子便昏昏沈沈，眼前似是出現了很多幻覺。

「三郎？」雲宓趴在炕邊喊他。「現在感覺怎麼樣？」

「二、二嫂？」齊子驍嘿嘿笑了一聲，大著舌頭道：「其實我每次給妳的花都不是我採的，是我讓村裡小孩採的，我把妳給我的銅板都給了他們，嘿嘿嘿，我聰明吧？」

雲宓頓時無語。這麻沸散難道還有吐真劑的效果？

「二、二哥。」齊子驍緩慢地轉動著眼珠子看著齊淮。「以前那劉家小姐託我送一盒糕點給你，我知道你不會收，但劉小姐放下點心就跑了，於是我吃了那點心，劉家小姐不知道，所以那段時間一直纏著你……」

「劉家小姐是誰？」雲宓看向齊淮，秀氣的眉頭緊緊皺著。

齊淮扶額，無奈道：「那是我八歲時候的事情。」

「八歲。」雲宓撇嘴。這時代十幾歲就能生孩子了，八歲談戀愛有什麼稀奇的？

「三郎，你還有什麼想說的？還有沒有什麼王家小姐、李家小姐之類的？」雲宓托著腮在一旁問。

「唔想磁……磁……磁……」齊子驍徹底暈了過去。

雲宓推了推他道：「三郎？三郎？」

見齊子驍一點回應都沒有，雲宓想了想，扯過齊子驍的胳膊對著最內側的肉狠狠擰了下去，齊子驍還是沒反應。

「齊二哥，你看他是不是真的沒有感覺？」雲宓問。

「雲娘，別管他了，疼不疼反正就一棍子的事。」齊朗道：「忍忍就過去了，他沒問題的。」

雲宓點點頭，心想：行吧，他親爹都這麼說了。

在齊淮的示意下，齊朗找出繩子綁住齊子驍，將他的雙手捆在窗櫺上。

齊朗捆人的手法感覺特別嫻熟，像是做過很多次一樣，這點雲宓還挺好奇的。

一切準備就緒，接下來就是齊淮的任務了，齊淮用手在齊子驍腿上摸了摸，腿上凸出的那個地方挺明顯的。

齊淮拿過那手腕粗的棍子比劃了一下，雲宓有些不忍心看，只是尚未等她有所動作，齊淮已經相當迅速地用棍子準確地敲在了齊子驍的腿上。

雲宓離得近，聽到了清晰的腿骨斷裂聲，忍不住渾身抖了一下。她以為齊淮一個書生做這種事情會害怕呢，沒想到這麼乾淨俐落。

齊子驍身子一震，猛地往上坐起，被齊朗眼疾手快地壓住了身體，齊子驍額頭上布滿了冷汗，人卻是沒清醒過來。

雲宓愣了一瞬，忙上前按住齊子驍的腿防止他亂動，此時鮮血順著齊子驍的腿流了下來。

齊淮將木棍一扔，上手一摸後點頭道：「沒打歪。」

雲宓鬆了口氣，拿過早就準備好的靈泉水倒在布巾上，往齊子驍腿上擦拭血跡。

齊淮以為那是清水，並未放在心上，但經過雲宓的擦拭後，齊子驍腿上的血竟很快便止住了，齊子驍緊皺的眉頭也漸漸鬆開，像是沒那麼痛苦了。

接下來齊淮迅速對正齊子驍的骨頭，敷上藥，然後用紗布裹好，用兩塊木板固定他的腿。

做完這一連串動作，齊淮靠在一旁大口喘著粗氣，額頭上也出了密密麻麻的汗水，雲宓忙沖了杯蜂蜜水遞給他道：「快喝。」

齊淮喝蜂蜜水的時候，雲宓為他擦了擦額頭上的汗，擔心道：「你沒事吧？」

「沒事。」齊淮搖了搖頭，蒼白著臉淡笑。「這次應該能成。」

雲宓奇怪地看了他一眼。剛才齊淮替齊子驍包紮的過程一氣呵成，像是做過無數次一樣，他一個病秧子，年齡又不大，怎麼會做這些事情呢？

「怎麼了？」齊淮看向她。

「沒事。」雲宓搖搖頭，然後端了一杯兌了大半瓶靈泉水的蜂蜜水走到齊子驍身邊，對齊朗道：「爹，您把他扶起來，讓他喝點水。」

齊朗扶著齊子驍的肩膀幫助他起身，雲宓將杯子靠到他嘴邊，捏著他的鼻子把水灌了下去，齊子驍喝完後還咂巴了一下嘴。

此時門外傳來一道喊聲，雲宓走出去便看到大門外站著一個男孩子、一個女孩子，兩人都衣衫襤褸，身上滿是髒污。

「你們找誰？」雲宓問道。

她以為他們來討食，正打算去灶間找點吃的，就聽那女孩子開口了。「請問是齊三公子齊子驍的家嗎？」

雲宓點頭道：「對，你們是……」

女孩子抿了抿唇，有些膽怯地看著雲宓說：「齊三公子救過我。」

她叫郝蓉蓉，今年十四歲，男孩是她弟弟，叫郝大壯，今年九歲。兩人的爹娘早就死了，姊弟倆相依為命，家裡靠蓉蓉出去賣珠花和做針線活維生。那日蓉蓉被齊子驍救了後，兩人很快就收拾包袱逃跑，躲了幾天實在躲不下去了，多番打聽後終於得知齊子驍的住處，便找來了。

「以身相許?!」雲宓忍不住驚呼出聲。

蓉蓉低著頭輕聲道：「嗯，他救了我，我願意嫁給他。齊大叔、嫂子，我會洗衣做飯，以後會好好照顧他，要是實在不行，我當個妾室也是可以的。」

當天齊子驍蒙了面巾，但蓉蓉認得他那身衣裳，是好心買了她珠花的人。

齊朗沒遇過這種事，一時之間有些手足無措，不由得看向齊淮，齊淮輕咳一聲道：「我們家由雲娘作主，她說了算，我累了，先進屋休息一會兒。」

最後齊朗出了門，齊淮躲進屋內，獨留雲宓一個人面對這棘手的狀況。

雲宓深深吸了口氣，小心道：「那什麼……蓉蓉是吧？三郎受了點傷，現在還昏迷著，要不等他清醒後再說？」她怕說錯什麼刺激到小姑娘就不好了。

「受了傷？他沒事吧？」蓉蓉忙跟著雲宓來到屋內，看到躺在炕上的齊子驍後，蓉蓉立刻端盆子擰了布巾為齊子驍擦拭額間的汗，大壯也拿了掃帚去院中打掃。

雲宓默默想著，三郎的春天來了，桃花真是一朵接一朵開啊……

# 第二十三章 新品上市

「妳是誰啊？離我遠點……我不要娶妻！」

剛醒沒多久，齊子驍就彈了起來，整個人站在炕上，中氣十足地朝蓉蓉嚷嚷。

齊朗嚇了個夠嗆，忙道：「三郎，你腿不能活動，先躺下。」

「沒事，我一點都不疼，她她她……」齊子驍指著一直想上前的蓉蓉。「這人到底怎麼回事啊？」

「她……等會兒再說，現在最關鍵的是你怎麼樣？」雲宓見他蹦蹦跳跳的嚇壞了。「你別站了，有沒有哪裡不舒服？」

「沒有，我好得很，我現在渾身充滿力氣，恨不得上山去打老虎。」齊子驍哭喪著臉。

「二嫂，妳讓她走啊……」

蓉蓉一聽就慌了，忙喊道：「齊三公子，別趕我走，我願意嫁給您，真的，做妾就行，您別趕我走。」

「我不要娶妻，妳聽不明白還是怎麼的？」齊子驍怒了。「我真後悔當初救了妳。」

「三郎！」齊淮喝斥一聲。

此時齊子驍腳忽然一軟，一屁股跌坐在炕上，嚇得齊朗哆嗦道：「注意你的腿……」

齊子驍其實不覺得疼，而且他很有精神，要不是腿被木板夾著，他非得出去跑兩圈不可。

只見齊子驍深深吸了口氣，緩和了態度道：「蓉蓉姑娘是吧？我當初幫妳真的只是舉手之勞，不求回報，妳快走吧，我不需要妳嫁給我。」

齊子驍嫌棄的樣子讓蓉蓉很是尷尬，淚水從她眼眶裡滑落，大壯趕緊握住她的手，努力忍著眼淚說：「姊姊，不用嫁他，咱們走吧，我能養活妳，不怕。」

「別胡說。」蓉蓉擦了擦眼淚，看向齊子驍，哀求道：「齊三公子，我真的願意嫁給您，只要您讓我們留下，想讓我怎麼樣都行。」

「我、我、我……」齊子驍「我」了半天，看向齊淮。「二哥，這就是所謂『唯女子與小人難養也』嗎？」

「三郎。」齊淮瞪他一眼。「注意你的措辭。」

「我也是女子。」雲宓幽幽道。

「我……不是這個意思，我說什麼她也聽不懂啊。」齊子驍煩躁地擺手。「要不，直接趕出去吧。」

蓉蓉咬了咬唇，最後淒涼一笑道：「算了，是我為難您，您好好養病。大壯，我們走吧。」

「姊姊別怕，我會保護妳的。」大壯用力握緊她的手。

姊弟倆牽著手往外走，齊子驍摸了摸鼻子，竟然覺得有些良心不安。

「等一下。」齊淮突然出聲，走到門口的姊弟倆頓時停下腳步。

齊淮先是看著他們，又朝蓉蓉問道：「妳是想留在這裡，還是想嫁給三郎？」

蓉蓉皺了下眉，有些茫然地看著他說：「我都想啊，只有嫁給他才能留在這裡。」

「不。」齊淮搖頭。「留在這裡跟嫁給三郎是兩件事，如果只是想留在這裡，妳不嫁給三郎也可以。」

「真的嗎？」大壯眼睛一亮，滿懷希望地看向齊淮。

蓉蓉苦笑一聲，對大壯搖了搖頭，牽著他就要往外走。

他們走到哪兒都是一種負擔，人家怎麼會無緣無故收留他們呢？她實在是走投無路了才出此下策。

雲宓聽完齊淮的話後恍然大悟。一個十四歲的姑娘家帶著一個年幼的弟弟，說是要嫁人，實際上不過是想找個棲身之所而已。

大壯不走，他突然跪了下來。「請夫人收留我們吧，我能幹活的，別逼我姊姊嫁人。」

齊子驍一臉莫名其妙，怎麼變成他們逼她嫁人了？

雲宓看著身形單薄的兩人，於心不忍，走到齊淮身邊小聲道：「要不讓他們留下？看著挺可憐的。」

齊淮上下打量了蓉蓉姊弟倆一番，蓉蓉有些忐忑地說道：「我們真的可以留下嗎？」

雲宓不禁扯了扯齊淮的衣袖，齊淮安撫地拍了拍她的手，然後看著蓉蓉說：「妳願意給我家娘子當個小丫鬟嗎？每個月給妳五兩銀子的月錢，包吃住。」

「真的嗎？」蓉蓉眼中迸發出不敢置信的光芒。

齊淮點頭道：「當然是真的，妳弟弟也可以住在這裡。」

「不用嫁給三公子嗎？」大壯忙問。

「自然不用，你們憑自己的勞力賺取銀錢，你姊姊不需要嫁給任何人。」齊淮道。

姊弟倆對視一眼，然後同時跪在齊淮和雲宓面前，蓉蓉含著眼淚說道：「謝謝公子、謝謝夫人，我們以後一定好好做事！」

第一次當「夫人」的雲宓有些不適應，忙將蓉蓉拉起來道：「起來，快起來。」

「謝謝夫人。」蓉蓉心中的大石頭放下，笑了起來。

窩在一旁的齊子驍看著眼前這一幕，有些不明白，自己不過是昏睡了一下，怎麼醒來就變成這樣了呢……

新房子尚未蓋好，目前不夠地方住，雲宓便讓蓉蓉先待在顧三娘那裡，與顧三娘母女擠一擠，至於大壯，他長得瘦小，可以跟齊子驍和齊朗住一間屋。

安頓好住處，蓉蓉就手腳俐落地幫雲宓做起了晚飯。

雲宓煮了紅燒獅子頭、糖醋排骨、清蒸鯽魚，加上一鍋陽春麵，蓉蓉和大壯忍不住狼吞虎嚥，大壯更是吃一口就誇一聲——

「好吃，太好吃了！」

「夫人，您做得太好了。」

「我從來沒吃過這麼好吃的東西。」

「好好吃，真的好好吃……」

齊子驍越聽越覺得不是滋味，皺眉道：「你除了會誇好吃還會什麼？」

「啊？」大壯愣了一下，撓撓頭憨笑道：「可是就是很好吃啊。」

齊子驍撇嘴，小聲嘀咕。「這不是搶我話嘛。」以前都是他負責誇雲宓的飯菜好吃的。

他悶悶地吃了兩大碗陽春麵，最後還要盛，卻被雲宓將最後一勺給了大壯。

「你吃得太多，不能再吃了。」雲宓道。

齊子驍重重哼了一聲，心想這兩姊弟就是來剋他的，蓉蓉看他一眼，要將自己碗裡的麵給他，齊子驍立刻抱著碗一蹦三尺遠，也不知道他的獨腿哪來的彈跳力。

蓉蓉忙道：「公子，您別慌，您不想娶我，我不嫁就是了，我知道我配不上您，不敢妄想的。」

齊子驍忙擺手道：「妳別這麼說，那有什麼配得上配不上的，只是我還不想娶妻，等到三十歲再說也不晚。」

「三十歲?!」齊朗倏地抬頭看著他。「你打算直接給人當爺爺嗎？」

雲宓一口飯差點兒噴出來，嗆得咳嗽不止，齊淮忙替她拍背道：「慢點兒。」

齊子驍低聲應道：「那倒好，不用養孩子就有人送終，多省事啊。」

這話讓齊朗抄起筷子就要抽他，雲宓忙說道：「三郎，你腿疼不疼啊？」

聞言，齊朗終於找回了點父愛，放下了筷子，不過還是狠狠瞪了齊子驍一眼。

「腿不疼，胳膊疼。」說起這個，齊子驍還挺納悶的，他摸著手臂內側道：「我怎麼這裡疼呢？像是被人擰了。」

雲宓有些心虛地低下頭，含糊不清道：「可能是腿上的疼痛轉移到了胳膊上……是吧，齊二哥？」

一旁的齊淮忍不住笑了一聲，點頭道：「可能吧。」

齊子驍皺眉說：「這還能轉移？」

「能。」雲宓很肯定地點頭。「不然你為什麼會胳膊疼？」

齊子驍想了想，頷首道：「二嫂說得對。」

見狀，齊朗忍不住伸手摸了摸齊子驍的腦袋，然後擔憂地看著雲宓說：「不會轉移到腦袋上吧？」

齊淮安撫齊朗。「不會的，他以前就這麼聰明。」

雲宓不禁在心裡給齊淮點了個讚。明明是溫潤如玉的一個人，說出口的話怎就這麼損呢？

齊子驍一點也不像個病人，生龍活虎得很，在炕上躺不住就在屋裡做肥皂，一條腿不好，他就用另一條腿來踩攪拌器。

屋內已經堆積了很多豬油皂，蓉蓉和大壯見到後驚奇不已。雲宓拿了兩塊給他們，兩人卻是收起來不捨得用，最後她好說歹說，他們才拿來洗手、洗臉。

盛心月那裡傳來消息，說書先生已經將聲勢營造得差不多，可以正式賣肥皂了，齊淮與雲宓便商量著再去一次泗寧縣。

「我也去。」齊子驍道。

「你先在家裡養傷，等好得差不多了再去縣裡。」雲宓道。

「不行。」齊子驍搖頭。「當初跟盛心月簽了契約書，若是我不去，盛心月可能會變卦。」

「但你受傷了。」雲宓道：「三郎，盛小姐不是那麼不講理的人。」

「她是。」齊子驍瞪大了眼睛。「二嫂，妳是不是犯傻，沒看到她來家裡逼我成婚嗎？她這個女人腦子跟普通人不一樣。」

齊淮想了想，說道：「三郎說得也對，縣裡到底是需要個人坐鎮，而且，三郎的腿要是突然好起來，村裡人也會起疑，不如說是去縣裡找大夫治療了，只是三郎，你確定你的腿沒事？」

「二哥，說出來你可能不信，但我覺得我的腿已經好了，要不然把板子拆下來看看吧。」

「不行，夾板要夾兩個月。」雲宓不知道靈泉水的作用到底如何，必須多夾些時間，否則現在拆下來一看腿已經好了，準會嚇死人。

等南文行回來用牛車拉走一批豬油皂後，齊朗便去鎮上租了輛馬車，雲宓和齊淮帶著齊子驍，再次去了泗寧縣。

本來大壯想要跟著照顧齊子驍，但那裡有人認識他們姊弟，怕惹來麻煩，便沒帶上他。

一行人到了知之茶舍，此時正是午後，茶舍裡坐滿了人，臺上的說書先生正在說師徒四人去西天取經的故事。

「這小丫頭柔弱無骨，師父怎麼也不相信她會傷害他，但是這大徒弟非說這小丫頭是個妖怪，師父不信，於是大徒弟拿出了一塊晶瑩剔透的肥皂對那妖怪道『只要妳敢用這肥皂洗個澡，我就相信妳不是妖怪』，這妖怪不知道肥皂為何物，上前接過肥皂便洗澡去了……」

「欲知後事如何，明天請早。」說書先生笑咪咪地拍了醒木，結束今天的工作。

「嘿，正聽到精彩處，說下去啊！」

「對啊，說完這段唄。」

「故事挺好的，就是這肥皂有點兒假，我見過他們從狀元樓裡拿到的肥皂，黑乎乎的一塊，哪來的晶瑩剔透啊……」

「對啊，這故事編得也太假了。」

聽到這些議論，雲宓小聲對齊淮道：「效果不錯。」

小六子眼尖地看到三人進了知之茶舍，便去找盛子坤，盛子坤接到消息立刻來到知之茶舍將他們請進了雅間。

沒一會兒，盛心月也出現在雅間，她一看到齊子驍，便笑了起來道：「唷，齊三公子這是為了小女子特地又把腿打斷了嗎？」

齊子驍頓時為之氣結。

「心月，別瞎說。」盛子坤喝斥她一聲，然後對齊子驍道：「我家妹子打小就無法無天，三郎你別介意，她說什麼你只要無視就好。」

「沒事。」齊子驍忙點頭。「盛大哥可得幫著我，別讓她欺負我，我害怕。」

雲忞無聲地嘆了口氣。三郎啊三郎，能不這麼慫嗎？

接下來大家開始談正事，盛心月道：「大家的好奇心已經被勾起來，我覺得可以開始賣了。」

「那具體要怎麼賣？」盛子坤皺了下眉。「難不成要把茶舍改成雜貨鋪子，將肥皂擺好讓人進來買嗎？」

「當然不是。」雲忞搖頭，想了想後，她對盛子坤道：「盛大哥，能不能將小六子借我用一下？」

「小六子？」

「對，我覺得他腦袋瓜挺聰明的。」

「當然可以，有其他需要的儘管跟我說。」

幾人又商量了一番，決定兩日後正式售賣肥皂，而這兩日知之茶舍會提前告知繳交二十文錢入場費一事，不過進場後若是在茶舍裡花費超過一百文錢，便可退還入場費。

說書先生的故事已經引起了眾人的興趣，這通知一出，大夥兒的好奇心更勝，都引頸期如何配合。

盼這一天到來。

這次雲宓等人還是住在盛子坤那一處小院裡，接下來兩天雲宓都在教說書先生和小六子

到了約定好的這一天，一大早便有很多人聚集在知之茶舍門口，一人二十文錢的入場費都交得很痛快，而二樓雅間則安排給了縣裡的富豪鄉紳們。

小六子有些緊張地不停吸氣，雲宓安撫他。「你可以的。」

齊子驍撇嘴道：「我比他厲害，怎麼不讓我上去？」

「閉嘴。」雲宓瞪了他一眼道。

齊子驍頓時乖得像隻狗兒似的說：「好。」

茶舍內，說書先生醒木一拍道：「上回說到仙女下凡嫁了個窮人家的書生，這書生竟然用草木灰為仙女洗臉，仙女白嫩嫩的臉硬是被洗得黑乎乎……」

底下哄堂大笑，有人喊道：「別說了，直接拿出肥皂來吧，我倒要看看這能把仙女洗白的肥皂長什麼樣子。」

說書先生也算是見慣了大場面的人，他摸了摸鬍鬚，笑咪咪道：「不急、不急，總得讓我把故事講完嘛。」

「那你快點說。」眾人催促道。

說書先生不慌不忙地繼續說了起來。「仙女用不慣咱們平頭百姓用的草木灰，於是便做起了天上才有的肥皂，這肥皂長什麼樣子呢？」

「是啊，這肥皂長什麼樣子呢？」有人起鬨喊道。

說書先生一拍桌子道：「仙女這不就把肥皂送來了嘛！」

他話音剛落，茶客周圍便出現了七個穿著各色衣裙的女子，她們手裡各拿著一個托盤，每個托盤上都擺放著十塊顏色不同、形狀各異的塊狀物體。

茶客的注意力瞬間被吸引了過去，他們大多見過且用過那黑乎乎的豬胰皂，本以為最多不過比之前的肥皂好一些，卻怎麼也沒想到仙女用的肥皂竟是這個樣子的。

那說書先生沒有誇大其詞，這些肥皂有圓形、方形、透明、奶白色的，還有帶著花瓣的，細細聞還隱隱帶有香味，大夥兒都驚訝不已，很多人站起來要用手去摸肥皂，都被女子們笑著躲開。

小六子適時地上了臺，他站在說書先生旁邊，臉上帶著一貫的笑容道：「大家都看到雲記的肥皂了，現在就由我來介紹一下。」

「這些肥皂主要分為三種，第一種是普通肥皂，就是我手裡這個白色肥皂。」小六子拿過一旁的一塊白色肥皂向眾人展示，而站在茶客旁邊的女子也從托盤上拿起白色肥皂讓人近距離觀察。

「第二種肥皂與白色肥皂不同之處，在於它增加了很多小心思，比如有黃色、綠色、紅色、藍色等顏色，還有加了各種花瓣的，讓肥皂看起來更加漂亮。

「第三種肥皂裡加了蜂蜜與羊奶，對女子的皮膚特別好，用了以後會覺得膚質更加光滑細嫩，有美容養顏的功效。」

小六子這番說辭讓人們訝異，心想一塊肥皂竟然還有這麼多花樣。

「有香氣的肥皂要稱作是香皂也成，現在呢，我讓大家看一下它們的作用。」

小六子捲起衣袖，然後拿過一塊豬油擦了兩下，讓手上沾滿油污，他將兩隻手在眾人面前晃了晃，大家不禁站起來聚精會神地看著他的動作。

當著大夥兒的面，小六子將手放進水中，水面立刻出現一層油花，他拿過肥皂在手上搓出泡沫，然後將手再次放入水中清洗乾淨，展示給眾人看。「大家看到了，我們的肥皂就是這麼好用，一洗就乾淨。」

小六子話音剛落，底下人就喊了起來——

「我要，我要一塊！」

「那我要十塊！」

「我也要，我要五十塊！」

「我！我要一千塊！」

「我全包了！」

柴武軒坐在下面，整個人震驚得說不出話，本以為之前那黑乎乎的肥皂已是意外之喜，沒想到竟然還有更加讓人激動的。他內心清楚這肥皂的主人肯定還是齊淮夫婦，但他得罪了雲宓，這筆生意只怕做不成。

就在柴武軒思索著要怎麼才能再見齊淮夫婦一面時，小六子又開口了。「今天的肥皂有一定的數量，等一會兒在座的各位可以當場購買，但每個人限量十塊。」

「限量十塊是什麼意思？」有人問道。

小六子不慌不忙地解釋。「就是說無論買哪一種肥皂，加起來最多只能買十塊，多了不賣。」

「價格呢？」又有人喊。

「第一種普通肥皂二十五文錢一塊；第二種咱們稱它為花皂，三十五文錢一塊；第三種蜂蜜羊奶皂六十文錢一塊。」

「好貴啊……」

「這麼小一塊竟然要幾十文錢?!」

「對啊，還不如用草木灰呢，反正都是洗手跟洗臉，能洗乾淨就行。」

聽到這些議論，小六子有些擔憂地往雲宓的方向看了一眼，雲宓卻示意他不用擔心。

小六子深深吸了一口氣，然後拿起桌上的醒木一拍，大喊道：「現在開始販賣！」

大廳內瞬間響起各種叫喊聲——

「我要三塊普通肥皂、兩塊花皂！」

「我要十塊普通肥皂。」

「我要兩塊花皂、兩塊蜂蜜羊奶皂！」

# 第二十四章 所託非人

大廳內端著托盤的女子忙碌了起來，不停地遊走在茶客之間，她們身後各跟著一個專門收錢的小廝，柴武軒費了九牛二虎之力好不容易才搶到了三塊普通皂、兩塊花皂和一塊蜂蜜羊奶皂，再想買已經買不到了。

才不到半個時辰，定好要賣的肥皂便銷售一空，有人不滿意，嚷嚷著還要。

小六子笑著道：「這個時間的已經賣光了，下午還有一場，要是想買，請下午再來。」

二樓雅間內有一人搖頭感慨道：「盛掌櫃，妙啊。」

盛子坤也目瞪口呆地說：「賀大人，草民也是第一次見到這種場面。」

之前他還擔心要如何賣肥皂，今日卻是大開眼界，不說肥皂賣得如何，只說知之茶舍的生意從未像今天這麼好過。

賀黎看向盛子坤道：「這肥皂是你家妹子做出來的？」

「不不不……」盛子坤搖頭。「是雲掌櫃做的。」

「雲掌櫃？」賀黎恍然，拿著手上的肥皂看著。「對對對，雲記，上次那個也是雲記的肥皂。」

「這雲掌櫃夫婦倆年紀不大，但都很有本事。」盛子坤乘機誇讚。雲記要想在泗寧縣做大，很有必要獲得縣令的支持。

賀黎點頭道：「那盛掌櫃不如為本官引薦一下？」

盛子坤笑了笑，從袖中掏出一張紙遞給賀黎說：「賀大人，這是他們夫婦讓草民交給您的。」

「他們讓你交給本官？」賀黎有些驚訝地接過來。「這是什麼？」

「賀大人打開看看就知道了。」盛子坤道。

賀黎好奇地展開紙張，只見最上方赫然寫著幾個字：豬胰皂配方。

他面露驚詫，迅速看完紙上的內容，然後訝異地看著盛子坤道：「這是……」

「對，這就是之前那種肥皂的配方，他們夫婦兩人稱之為豬胰皂。」盛子坤道：「他們願意將豬胰皂的配方交給您，大人可以用它來向朝廷請功，同時也可以造福百姓。」

賀黎看著手裡的配方，站起身誠懇道：「盛掌櫃，本官想見見他們夫妻倆。」

盛子坤遲疑了一瞬，然後才道：「賀大人，不是草民不讓您見，只是齊二郎身子骨不好，常年臥病在床，而他娘子……也就是這雲掌櫃，是個婦道人家，很多事情不方便出面，所以他們不想惹人注意，這才託草民將方子交給大人。」

「這樣啊……」賀黎坐回椅子上，想了想後道：「好，以後他們若遇到什麼事情，儘管來找本官。」

盛子坤起身躬身行禮道：「那草民就替他們夫婦謝過賀大人了。」

知之茶舍這天舉辦三場活動，一共賣出一千塊肥皂，光是裝錢的竹簍就用了七、八個。

雲宓從來沒見過這麼多錢，忍不住有些興奮，小聲問齊淮。「這些有多少？」

齊淮估算了一下，他們做的時候，普通肥皂比花皂多，蜂蜜羊奶皂數量更少，如果按照平均值來算的話，差不多三十多文錢一塊，一千塊肥皂的銷售額差不多是三十多兩銀子，相當於一般人家一年的收入。

盛子坤也呆住了，狀元樓雖然生意做得大，但一天的收入也沒這麼多，這小小的肥皂竟然如此賺錢。

雲宓給今天在大廳幫忙的小廝每人一百文錢，七個女子每人三百文錢，說書先生和小六子則各獲得一兩銀子。

拿到銀錢的眾人都很驚喜，雲宓道：「大家今天辛苦了，明天繼續努力。」

小六子興奮極了，說道：「雲掌櫃，我們會的，您放心吧。」

「既然肥皂賣得這麼好，為什麼要選擇這種方式？」盛子坤有些不理解。「不如大量往外賣，還能跟碼頭的行商合作，這可是非常賺錢的買賣啊。」

「這點我們當然也想到了。」齊淮道：「不過這種肥皂做起來很是費工夫，我們缺人手，而且還牽扯到配方問題，不是想做就能做出來的。」

盛子坤略一思索就理解了齊淮的意思，點頭道：「既然如此，這樣賣也是個辦法。對了，賀大人說想要見你們，我按照你的意思推掉了。」

「謝謝盛大哥。」齊淮拱手道謝。

「其實賀大人是個好官，你們結識一下也無不可。」盛子坤又道。

齊淮笑了笑，回道：「以後會有機會的。」

另一方面，賀黎回到縣衙後，拿著豬胰皂的配方反覆查看，一旁的侍衛上前輕聲道：「大人，這方子要呈上去嗎？」

「呈上去？」賀黎冷笑一聲。「呈上去等著皇上升我的官嗎？」

侍衛頓了頓後，才道：「那大人想怎麼樣？」

賀黎食指敲著桌面，好一會兒才道：「去查清楚盛子坤口中的雲記掌櫃夫婦住在何處。」

侍衛領命出去後，賀黎站在窗邊看著院中的那棵海棠，瞇了瞇眼。

知之茶舍門外每天從早到晚都排著長長的隊伍，新的肥皂徹底紅了起來，不過蜂蜜羊奶皂每天只有五十塊，先到先得，富家小姐的小廝們為了這款肥皂好幾次差點兒打起來。

縣裡的事情暫時交給齊子驍，齊淮和雲宓要回南雲村繼續做肥皂，不然這些肥皂用不了多久就會賣光。

「唉，你們走了後，我可怎麼辦啊？」齊子驍唉聲嘆氣。「沒有二嫂的飯，我會餓死的。」

「放心吧，我已經把你託付給盛小姐了。」雲宓道。

齊子驍看向齊淮道：「二哥，以後初一、十五記得給我燒香。」

嘴上這麼說，但雲宓還是幫齊子驍做了許多零嘴，齊淮本想給齊子驍找個小廝照顧他，誰料齊子驍自己找來了三個小乞丐，這三個小乞丐雖然有些油滑，但本性不壞。

「萬一他們欺負三郎怎麼辦？」雲宓還是有些擔心。

「不會的，三郎只是傻，他不笨。」齊淮道。

雲宓心想，果真是親哥啊，吐槽點相當精準。

兩人收拾好東西正待往外走，忽然傳來了敲門聲。叫小四的那個小乞丐去開門，看到門外之人時愣了一下，但他很快便反應過來，若無其事地問：「請問這位爺找誰？」

「雲掌櫃住在這裡嗎？」賀黎問道。

「是，我進去幫您通傳一下。」小四說完便轉身進了屋。

見小四衝進來，雲宓問道：「誰來了？」
小四緊張地小聲道：「是縣令大人。」
「縣令大人？」雲宓很是吃驚。「他怎麼會來這裡？」
小四道：「不知道，但我在縣衙門口見過他，就是縣令大人沒錯。」
「別慌。」齊淮拍拍她的肩膀。「應該是為了肥皂配方的事情而來，去見見吧。」
見齊淮是要她去，雲宓皺眉道：「我自己去？你不出面？」
「妳是雲記的掌櫃，該妳去。」齊淮道：「而且，盛大哥拒絕縣令大人時說我臥病在床，既然如此，便得圓謊。」
雖然齊淮說得在理，但雲宓卻覺得這些都是次要的原因，主要是他好像不想見這位縣令大人。
去院中見了賀黎，雲宓佯裝不知道他的身分道：「我是雲記的掌櫃，請問您找我有何事？」
跟在賀黎一旁的侍衛說道：「這是咱們泗寧縣的縣令賀大人。」
「啊，原來是賀大人啊。」雲宓裝出慌張的模樣打算下跪。
賀黎適時道：「免禮吧。」
「謝大人。」雲宓瞬間起身，她一個現代人可不想動不動就三跪九叩的。

賀黎看了她一眼，這小姑娘貌似恭敬有禮，但眼中卻無絲毫懼怕之意，不可小瞧。

雲宓將賀黎與侍衛兩人請進屋內，讓小四上了茶，主屋內只有雲宓一人，而臥房內則時不時傳出幾聲咳嗽。

「本官聽盛掌櫃說齊二公子身子不好，若是有需要，本官可以找大夫替他瞧瞧。」賀黎道。

「謝大人關心，民女的相公這是老毛病了，只要好好調養，不要勞心費力便無大礙。」

賀黎往緊閉的臥房門看了一眼，很明顯，人家不想出來見他。

他看破不說破，收回視線看向雲宓道：「本官今日是特地來感謝雲掌櫃的大義，願將豬胰皂的配方交給官府，本官替百姓謝謝妳。」

「賀大人言重了。」雲宓不知道賀黎今天到底是為了什麼而來，也不了解他品性如何，所以不太敢多說話。

屋內沈默了一陣子，賀黎復又開口。「妳是如何發現豬胰皂的配方的？」

雲宓心頭一緊，但還是很淡定地說道：「家裡窮，買了豬胰子來煉油，不小心蹭到手上，手又沾了草木灰，洗手時發現比平常洗得乾淨得多，於是就試了試。」

「雲掌櫃真是聰慧。」賀黎誇讚。

雲宓有些緊張地握緊了雙手，乾笑兩聲道：「民女的相公也誇讚民女聰明呢。」

賀黎愣了一下，繼而笑了起來。

雲宓悄悄抬頭打量了這個賀黎一番，他看起來約二十五、六歲，長相周正，不像奸邪之人，不過雲宓總覺得哪裡怪怪的，而且他臉上的笑意並未傳遞到雙眸裡。

收起臉上的笑，賀黎端起茶盞喝了口茶，才淡淡道：「這豬胰皂的配方可還有旁人知道？」

這話是……雲宓看著賀黎，直截了當地問：「大人這是什麼意思？」

「雲掌櫃別緊張。」賀黎放緩了語氣。「本官今日來只是告訴妳一聲，無論現在誰知道這豬胰皂的配方，以後就莫要再往外傳了。」

雲宓心裡打了個突，不由得往臥房的方向看了一眼。

他要做什麼？豬胰皂的配方當初說是要公開的，可他現在的意思似乎是並不想這麼做。賀黎不會是想殺人滅口，獨吞這個方子吧？

言及此，賀黎站起身道：「以後雲掌櫃有什麼事情可以來找本官，能幫得上忙的本官一定幫，告辭了。」

賀黎帶著人很快就走了，雲宓坐在椅子上，心裡有些慌。完了，不會是遇到狗官了吧？

恍神間，手上傳來溫熱感，雲宓抬頭，就見齊淮握著她的手笑看著她道：「別緊張。」

「齊二哥。」雲宓有些忐忑道：「咱們是不是不應該把配方交給他啊？」

齊子驍不知從哪兒冒了出來，皺眉道：「二哥，賀黎不是個好官嗎？他想幹麼？」

只見齊淮在雲宓身邊坐下，握著她的手輕輕摩挲著，說道：「賀黎是前任宰輔章知儒的學生，學識淵博、胸懷大志、一心為民，十六歲狀元及第，二十歲便成為吏部侍郎。」

雲宓好奇地問道：「後來發生了什麼事情嗎？」她雖然對古代官職不怎麼了解，但也知道吏部侍郎是個不小的官，然而賀黎現在卻只是一個小地方的縣令。

「章知儒歷任三朝宰輔，皇上早就有心打壓，只不過怕引起民怨，一直未敢付諸行動，後來章知儒因一件小事頂撞皇上惹了聖怒，皇上便藉機讓他告老還鄉。

「賀黎此人恃才傲物，一心只求公正，無論是王公貴族還是平民百姓，但凡犯了事，一概平等對待，為此得罪了很多人，沒了章知儒在後予以庇護，不難想像後果如何。

「章知儒離開京師後的三載間，賀黎遭皇上四次貶黜，從當初那個意氣風發的年輕吏部侍郎，變成了如今的泗寧縣縣令。」

雲宓皺眉道：「聽你這麼說，其實這個賀黎為人還算不錯，那他今日為何如此？」

齊淮若有所思地說：「看樣子他是想獨吞方子。」

「獨吞？」雲宓忍不住握緊了齊淮的手。「他不會想殺人滅口吧？」

「那倒不會。」齊淮搖頭，安撫她。「他只是來警告咱們不要再將這肥皂的方子外傳，既如此，這事咱們就別管了，先看他要做什麼吧。」

「還想著要造福百姓呢……」雲忞撇嘴。「沒想到羊入虎口。」

「別生氣，這事賴我，是我錯估了。」齊淮跟雲忞道歉。

「怎麼能賴你呢？是這賀黎不靠譜。」

兩人囑咐了齊子驍幾句後，便打算離開這裡。

趁著雲忞往馬車上放東西的空檔，齊淮對齊子驍道：「注意一下賀黎，但自己要小心，他身邊那個侍衛功夫不差。」

「知道了。」齊子驍皺眉。「二哥，賀大人怎麼會變成現在這個樣子呢？」

齊淮只道：「命途多舛，變了性子也未可知。」

雲忞與齊淮回村前，又去了一趟知之茶舍查看情況。知之茶舍裡比前兩日的人更多，盛心月還在門口安排點心與茶水專門提供給排隊的客人，雲忞見狀，不禁感慨盛心月還真是挺有生意頭腦的。

知之茶舍一樓大廳角落裡，賀黎看著從二樓走下來的齊家夫婦，視線在齊淮身上來回打量了幾圈，眉頭微蹙。

侍衛低聲問道：「大人可認識？」

「……不認識。」賀黎搖頭。他從未見過齊淮，他為什麼要躲著自己呢？只不過……他莫名覺得齊淮有點眼熟。

「可能真是身體不好，所以不願見人吧。」侍衛猜測。

這齊淮的身子骨確實看著不怎麼好，但賀黎總覺得哪裡不太對。

「算了，以後再說吧。」看著齊家夫婦上了馬車後，賀黎也離開了知之茶舍。「你找幾個人去收豬胰子，讓那些死囚犯做豬胰皂。」

侍衛一愣，說道：「大人是想……」

賀黎淡淡道：「沒人會跟銀子過不去，這件事你親自去辦，將牢裡的牢頭都給換了，做得隱秘些。」

侍衛有些猶豫地說：「大人，這事除了齊家人，盛掌櫃也知道，若是咱們這麼做，這秘密怕是守不住。」

「那又何妨，難不成你貪戀這點官權不成？」賀黎反問。

「屬下不敢。」侍衛慌忙道：「只是替百姓們可惜，大人您是個好官。」

「好官？」賀黎冷笑一聲。「恩師落得何種下場你忘了？這好官，不做也罷！」

乘坐馬車回南雲村的路上，雲宓都心事重重的，不怎麼說話，齊淮見狀，輕聲問道：

「怎麼了？有心事？」

雲宓托著腮嘆了口氣道：「以前我總想著賺很多銀子，要買好多東西、蓋很大的房子，但現在我只希望咱們一家人平平安安的，哪怕再窮，只要能在一起就好。」

齊淮看著她，抬手摸了摸她的頭髮道：「別擔心，一切有我呢，妳只管做妳想要做的，賺很多銀子、蓋很大的房子，其他的事情交給我。」

雲宓偏頭看著齊淮，若是之前任何一個男人對她說這些話，她一定覺得很荒謬，但這話從齊淮口中說出來卻讓她很信服，相信他能說到做到。

「好了，別不開心了，我給妳變個戲法，要不要看？」

「你會變戲法？」雲宓來了興致，坐直身體催促齊淮。「那你變吧。」

齊淮伸出修長的雙手在雲宓眼前晃了晃說：「看好了，別眨眼。」

雲宓忍俊不禁，但齊淮認真的表情還是讓人挺期待他接下來的表演。

「嗯，什麼都沒有。」雲宓忍著笑道：「你繼續。」

齊淮的手在雲宓面前來回遊走幾次，就在雲宓被晃得眼花時，齊淮的手速突然變快，不過眨眼的工夫，他的手裡已經多出了一根玉簪子。

雲宓詫異地張大了嘴巴。雖然這種騙人的戲法她在電視上看過很多次，但當真的發生在眼前時，還是很讓人驚訝。

「好厲害。」雲宓上下打量他。「從哪裡變出來的？」

「障眼法而已。」齊淮將手裡的玉簪子遞給她。「送給妳。」

「送我的？」雲宓看著眼前的玉簪子，樣式雖簡單，卻晶瑩剔透，很是漂亮。

雲宓來到這裡後一直都用碎花布綁頭髮，看到這支突然出現的簪子，不免感到開心。

「上一次三郎在縣裡買了好幾支珠花交給我，讓我送給妳……」

「嗯？我怎麼不知道？」雲宓詫異。「珠花呢？你送別人了？」

「沒有，我怎麼會送別人呢。」齊淮無奈，猶豫了一會兒才道：「那不是我買的，所以我……」

「喔。」雲宓接過玉簪子把玩著，睨了齊淮一眼。「你什麼時候買的，我怎麼不知道？」

「趁妳教小六子他們的時候。」齊淮有些不好意思地輕咳兩聲。「不是什麼貴重東西，妳……別嫌棄。」

雲宓悄悄勾了勾唇角，故意道：「可是我不能隨隨便便收別人禮物啊，這樣不好。」

齊淮垂眸低笑一聲，拿過雲宓手裡的簪子說：「我不是別人，妳也不是隨隨便便就接受。」他邊說邊將簪子簪在雲宓的頭髮上。

雲宓忍不住晃了晃腦袋，目光期待地看著齊淮說：「好看嗎？」

齊淮笑看著她，認真道：「好看。」

「簪子好看還是人好看？」雲宓故意刁難。

齊淮愣了愣，竟是紅了耳根。

雲宓沒想到會看到齊淮這一面，不敢再逗他，別開臉去低低笑了一聲。

齊淮無聲地嘆了口氣，伸手在雲宓髮上輕輕撫了撫。

# 第二十五章 同心協力

兩人回到南雲村時已是傍晚，剛進到屋內還沒來得及喝口水，呂桂蘭竟然來了。

雲宓佯裝害怕地躲到齊淮身後，探出顆小腦袋看著她說：「大伯母，您怎麼來了？」這是又想幹麼？

呂桂蘭看上去有些不自在，但依舊趾高氣揚地道：「妳大伯父回來了，妳都不知道去看看嗎？」

「回來了？」雲宓一臉驚訝。「那大伯父還好嗎？」能從山匪那裡活著出來，運氣不錯啊。

呂桂蘭氣不打一處來地說：「怎麼，妳是不是希望妳大伯父永遠不要回來？」

雲宓心想，她這是有被害妄想症吧？雖然雲老大對原主的所作所為死不足惜，但她也沒惡毒到會詛咒他死。

「既然大伯父沒事，大伯母不在家照顧他，來我家幹麼？」雲宓問。

「我……」呂桂蘭看她一眼，忍了忍才道：「我來買肥皂。」

「買肥皂？」雲宓與齊淮對視了一眼。「買什麼肥皂？」

呂桂蘭往桌上扔了一袋銀子道：「我要買五千塊肥皂，這裡是二十兩銀子。」

「什麼？」雲宓以為自己聽錯了。「二十兩銀子買五千塊肥皂？」

「對。」呂桂蘭揚了揚頭。「明天能交貨嗎？」

雲宓明白了。雲老大家一定是交不出柴武軒訂的五千塊肥皂，為了避免賠錢，所以打算從她這裡買肥皂再賣給柴武軒。

這種想法固然沒錯，但她竟想著從中賺差價。按照十文錢一塊的價格，五千塊肥皂該是五十兩銀子，呂桂蘭卻想要用二十兩銀子買走，這個時候還想占便宜，是想錢想瘋了吧？

「我們沒有肥皂，您找別人買吧。」雲宓道。

「妳說什麼？」呂桂蘭怒了。「別以為我不知道……」

呂桂蘭正要開罵，但想了想又忍下了，放緩語氣道：「雲娘，家裡真的很需要這些肥皂，要不然這樣，這二十兩銀子算訂金，妳先把肥皂給我，等事情結束後我再交出剩餘的銀錢。」

雲宓不禁無語。這是把她當傻子騙嗎？

「大伯母。」齊淮開口了。「不是我們不賣給您，而是家裡真的沒有肥皂，這些日子我們忙著蓋房子，三郎也去縣裡看大夫了，真的沒有時間做肥皂。」

呂桂蘭明顯不信齊淮這套說辭，開始撒潑道：「我不管，反正今天你們賣得賣，不賣也得賣……」

不過她話還沒說完，就被齊朗拽著胳膊扔出了門外。「家裡還有事，恕不招待！」

呂桂蘭沒想到齊朗竟如此直接，沒等她反應過來，齊朗已經將大門關上了。她不敢招惹齊朗，在門口喊了半天才罵罵咧咧地走了。

等呂桂蘭回到家，吳峰便焦急道：「娘，怎麼樣，買到了嗎？」

「買什麼買，那個賤胚子，給她二十兩她都不賣。」呂桂蘭氣呼呼道。

「二十兩？」吳峰急了。「我不是讓您按照十文錢一塊的價格買嗎？怎麼變成二十兩銀子了？」他好不容易才借到銀子，怎麼丈母娘就是要自找麻煩呢？

「十文錢一塊，五千塊就是五十兩銀子，不過就是點豬胰子和草木灰，我又不傻，憑什麼給他們送那麼多銀子？」呂桂蘭沒好氣道。

「您……」吳峰氣急。「現在當務之急是把柴公子要的五千塊肥皂補上，不然咱們就要直接賠五十兩銀子，先別管賺不賺錢了。」

「不賺錢？」呂桂蘭冷笑。「不賺錢為什麼要做？你爹被山匪搶去的豬胰子還是我們搭上的錢呢，說到底這是你自己的事，憑什麼我們要跟在後頭替你擦屁股?!」

吳峰聞言，臉色變得難看起來。

「娘，您這話說得也太難聽了。」雲鳳聽不下去了。「當初是我相公發現肥皂的配方，想讓咱們家一起賺錢，爹被山匪帶走是意外，誰也沒想到，您現在還想跟我們撇清關係，也太不近人情了吧？」

「我不近人情？」呂桂蘭一巴掌甩在雲鳳臉上。「真是嫁出去的女兒潑出去的水，胳膊往外拐，你們惹出來的事自己擔著，我們管不了！」

「爹……」雲鳳捂著臉、紅著眼眶喊雲老大。「您也不管了嗎？」

雲老大躺在炕上翻了個身，讓臉對著牆面，一聲不吭。

「妳爹能活著從山匪那裡出來就已經是萬幸了。」呂桂蘭道：「要不是你們出的這個餿主意，妳爹能被山匪抓去受這麼多罪嗎？」

說真的，雲老大不過是受了些驚嚇，並沒有任何皮外傷，可呂桂蘭偏要誇大。

吳峰深深吸了口氣，站起身往外走，雲鳳看看自己的爹娘，又看看吳峰，最後一跺腳跟著吳峰出了家門。

雲老大家那邊如何了雲宓等人並不關心，他們這邊正鎖著房門數銀子。

這次回到南雲村，雲宓與齊淮一共帶回一百兩銀子，齊朗看著這白花花的銀子，詫異不已道：「這都是這次賣肥皂賺的銀子？」

「是啊，爹。」雲宓笑咪咪道：「以後還會賺得更多呢。」

齊淮道：「爹，日後做肥皂需要更多人手，光靠咱們幾個不行，您看能不能多找幾個人手？」

雖然需人孔急，但也不是隨便什麼人都可以，必須知根知底，而且品性過得去才行。

想了想，齊朗對齊淮道：「你看你大伯父一家怎麼樣？」

齊淮看了雲宓一眼，齊朗忙道：「雖說你大伯母這人有些……但她沒壞心眼。」

「我覺得可以。」雲宓贊同道：「其實大伯母這人什麼事情都寫在臉上，也不算難相處。」

「這樣吧。」她又道：「明天我做豆腐，把大伯父還有南叔兩家都喊來吃頓飯，到時候再談一下之後的事情。」

「可以。」齊淮點頭，又對齊朗道：「爹，您從新房子那邊抽些人手過來把咱們這院牆做高一些，院中再簡單蓋個大一些的灶間，即便以後咱們搬去新房子，這邊也可以用來做東西。」

「好。」齊朗轉身便去了新房子那邊，打算把那邊的材料往老房子這邊挪一些過來。

「那……夫人，我和弟弟可以做什麼？」蓉蓉問道。

「對喔，我都忘了咱們家還有兩口人呢。」雲宓笑著想了想。「這樣吧，三郎之前會去山上採花，如今三郎不在，大壯以後就代替三郎去採花，家裡的羊也歸你照料。至於蓉蓉，妳能做的事情很多，之後我再一一教妳好不好？」

「好！」蓉蓉和大壯都開心地點了點頭。

晚上，雲宓將黃豆泡好，翌日一大早便起床開始做豆腐，因為齊朗帶了人回來加強院牆，所以豆腐是在顧三娘家做的。

顧三娘這些日子一直沒去鎮上賣雞蛋灌餅，而是幫蓋新房子的人做飯，今日雲宓做豆腐，她和大丫便留在家幫忙。

雲宓這次足足做了五個籠屜的豆腐，一籠屜給蓋新房子的工匠，一籠屜自家人留著吃，另外三籠屜雲宓打算做成豆腐乳。豆漿上凝結成的那層皮被雲宓揭下來做成腐竹和油豆皮，她還用豆漿做了一些豆腐皮。

看到雲宓用黃豆一次做出這麼多東西，顧三娘母女還有蓉蓉都看得目瞪口呆。

來作客的王惠蓮和邱雪也好奇不已，王惠蓮問道：「雲娘，這些都能做吃的？」

「能啊。」雲宓笑道：「油豆皮和腐竹晾乾後能夠保存很久，什麼時候吃都行，還能做辣條呢。」

「辣條是什麼？」大壯忍不住問。

「辣條啊……對了，可以做些辣條給三郎。」雲宓一喜。雖然沒有辣椒，但花椒跟胡椒也有些辣味，算能湊合，反正他們也沒吃過真正的辣條。

「等油豆皮晾乾後我教妳們怎麼做。」雲宓道。

「我也能學嗎？」王惠蓮小心地問道。

「當然。」雲宓若有所思。「不只能學，還能做呢。」

甜鹹豆腐腦、麻婆豆腐、炸豆乾……雲宓做了一桌豆腐盛宴，眾人吃得很是滿足，邱雪不禁感慨道：「原來豆腐還有這麼多吃法呢。」

雲宓小聲問齊淮。「齊二哥，你喜歡吃甜豆腐腦還是鹹豆腐腦？」

「鹹的。」齊淮同樣小聲道：「不過甜的也好吃。」

雲宓對他挑了挑眉說：「我做的都好吃。」

齊淮笑了笑，然後放下碗筷，對大夥兒說道：「其實今天除了想感謝各位這段時間對我們的幫助外，還有一事相求。」

「什麼相求不相求的，二郎有話直說就行。」南世群道。

「是啊，二郎，大伯父能幫得上忙的一定幫。」齊老大也道。

「那我先謝過南叔和大伯父。」齊淮站起身拱了拱手，才道：「是這樣的，雲娘做的肥皂在縣裡賣得很好，需要做更多的肥皂，但我們家人口太少，不知道南叔和大伯父你們願不願意一起做？」

「我們？」

兩家人都愣住了，南世群不敢相信地問道：「你要讓我們幫你們做肥皂？」

「對。」齊淮點頭。「我和雲娘商量了一下，有個方案，你們先聽聽，然後回去考慮一下。」

「好好好，你說、你說。」王惠蓮忍不住激動地催促。大家都知道泗寧縣的肥皂供不應求，若是能幫齊朗家做肥皂，肯定比去鎮上做工賺得多。

齊老大瞪了王惠蓮一眼，才道：「二郎，你說。」

只見齊淮看向雲宓，雲宓心領神會地接過話來道：「這種肥皂做起來繁瑣且很費工夫，需要混合原料並不斷攪拌，過程要持續一到兩個時辰不能間斷，接著要定型切割，或用模具做成各種形狀……」

「沒關係，我們不怕麻煩。」王惠蓮插嘴道。

齊老大瞪著她道：「聽雲娘說。」

王惠蓮忙坐好，點頭道：「雲娘妳繼續說。」

雲宓輕輕地笑了笑，又道：「做完一塊肥皂給你們一文錢，如何？」

她說完以後，眾人互相對視了一眼，一時之間沒說話。

「一塊肥皂一文錢？」王惠蓮輕咳一聲，小聲問道：「那我們一天能做多少塊啊？」

雲宓忙道：「是我沒說清楚，這種肥皂呢，是用豬油做的……」

「豬油?!」

大夥兒難以置信地看著雲宓，覺得她一定是在開玩笑，豬油怎麼可能做出肥皂呢？

「對。」雲宓點頭。「一斤豬板油可以煉五到六兩油，跟別的材料混合在一起後，一斤豬油能做十塊肥皂。我們之前試過，一次可以攪拌五十斤豬油，也就是可以做五百塊肥皂。」

聽完雲宓的話後，眾人從震驚中回過神來，下意識開始計算每天可以賺多少錢，然後都露出了不可思議的表情。

按照雲宓所說，這個過程雖然繁瑣，但細想之下攪拌需要一到兩個時辰，加上其他準備工作，做一次肥皂最多需要三個時辰，一天做兩次的話，每天可以做一千塊肥皂，也就是賺一貫錢。況且熟練了之後，一天絕對不只做一千塊。

去鎮上做工一天最多只能賺一百文錢，而且還是男人才能賺這麼多，要是在家做肥皂，一家老小都可以掙錢。

想清楚之後，兩家人都很興奮，齊老大壓抑著心情道：「二郎，你真想好了，確實需要我們來做肥皂？」

「當然了，大伯父。」齊淮笑道：「只要你們願意做，能做多少是多少。」

「做，我們當然肯做。」王惠蓮忙站起來道：「二郎、雲娘，我們願意，明天就開始行不行？」

「妳看妳著急的樣子。」邱雪笑道。

王惠蓮一點也不覺得丟臉，只道：「賺錢的事誰不積極，妳不想做？」

邱雪沒王惠蓮那麼厚臉皮，只是笑了笑沒說話，但眼中也帶著一絲期待。

南文行跟著雲宓賣醃蘿蔔賺了不少錢，大兒子南文良夫婦雖然嘴上不說，但到底是羨慕的，現在要是能幫齊朗家做肥皂，絕對不比老二賺得少。南文良就坐在一旁，雖然他一直沒說話，但此時也滿懷期盼。

齊老大家就更不用說了，自從分了家，齊老大一直覺得對不起齊朗，但現在齊朗不僅沒責怪，還願意幫襯他們，他自然滿心滿眼的願意。

雲宓笑著說：「做之前，我要先將做法教給大家，到時候各位在家裡做就行。」

「把做法教給我們?!」

眾人震驚地看著雲宓，包括齊淮。

「對。」雲宓笑咪咪道。

「雲娘，不可不可！」南世群忙擺手，不贊同地說道：「這肥皂方子絕不可外傳，每日妳將材料配好後我們來你們家做工便好。」

「對，里正說得沒錯。」齊老大也附和。「這方子你們一定要保存好，莫要外傳。」

齊淮反應過來後，神色平靜道：「南叔、大伯父，你們別緊張，先聽雲娘把話說完。」

雲宓忍不住看了齊淮一眼。這事之前她並未同齊淮商量，但齊淮無論何時何地都無條件地相信她、支持她，讓她挺感動的。

齊淮對她點頭示意，雲宓這才繼續道：「其實這肥皂就是豬油和火鹼製成的，豬油由你們自己煉製，到時候除了肥皂的工錢外，我們會另外支付豬油錢，至於火鹼，則由我來提供，因為只有我加料配置好的火鹼能做出肥皂來。」

雲宓之前就發現加了靈泉水後能大幅縮短攪拌時間，若手動攪拌五十斤豬油，別說一、兩個時辰了，哪怕是五、六個時辰也不一定能成功。所以雲宓便想了這個辦法，謊稱有第三種配料。

聽完雲宓的話，兩家人和齊朗這才放下心，至於齊淮則微微皺了皺眉。雲宓做肥皂時從來沒有避諱過他，而且用料全都是由齊朗去買的，哪有什麼第三種配料。

趁著大家都在，雲宓將冷製皂和熱製皂的方法教給了他們，老齊家和里正家聽後都躍躍欲試，恨不得當天晚上便能動手製造。

翌日，兩家人一大早便去買了豬板油開始煉油，而雲宓也讓齊朗去買火鹼，然後將火鹼按照五十斤豬油需要的用量分裝好，每一份火鹼裡都倒入幾滴靈泉水。

齊淮正要出房間，正好看到雲宓拿著個白瓷瓶往火鹼當中倒，倒完後又將白瓷瓶收回隨身的荷包裡。所以製作肥皂的關鍵，在於那白瓷瓶內的水？

這讓齊淮有些想不通，但他也沒多問，而是退回屋內，直到雲宓離開後才走出去。

兩家人第一次做肥皂，雲宓分別前去指導了一番，他們很快便上手，第一天就分別交了五百塊肥皂。

王惠蓮樂得嘴巴都合不攏了，五百塊肥皂就是五百文錢，雖然攪拌確實累了一些，但一天能賺這麼多錢的話，累一點又算什麼呢？

齊妮也很高興，有了上山採花的活跟做肥皂的工作，想必他們家不會讓她嫁給薛丁順了。

雲宓又去木匠那裡訂製了幾十套模型，還讓齊老頭幫忙多做了幾個攪拌器。

熱製皂只需要一晚就能使用，里正家和老齊家幫忙做肥皂，大大增加了生產量。由於齊子驍不在，齊朗又忙著蓋房子，所以他們家這邊沒人能做肥皂，雲宓便帶著蓉蓉將之前的油豆皮做成辣條，又做了滷豆乾跟豆腐乳。

大壯嚐了辣條後差點兒跳起來，讚道：「夫人，這實在是太好吃了！」

雲宓讓大壯裝了一些分給上山採花的小夥伴，其他的全都裝好跟肥皂一起隨南文行的牛車送進了縣裡。

知之茶舍內人聲鼎沸，二樓雅間內，齊子驍綁著夾板的腿搭在一旁的椅子上，桌上擺著東坡肉、佛跳牆，還有家裡剛剛送來的辣條、豬肉乾、羊奶奶酪跟滷豆乾，他開心地讓小四去狀元樓買壺酒，打算小酌幾杯。

樓下小六子正賣力地賣著肥皂，齊子驍讓人將小六子叫上來交代了幾句，小六子很快便下樓，一拍桌子道：「我們掌櫃的說了，今兒個心情好，所以來一個抽獎。」

有人道：「抽獎？什麼叫抽獎？我們還得買肥皂呢。」

「別著急。」小六子笑咪咪道：「我手裡有一個盒子，盒子內有十份禮物，只要買五塊肥皂以上的人就能從盒子內抽取一次，抽到獎品者可以當場兌換。」

「裡面都有什麼啊？」有人喊道。

「抽了就知道了。」小六子招招手。「那咱們現在開始。」

眾人爭先恐後地買肥皂，買完肥皂後伸手進小廝抱著的盒子裡抽取竹片，很快就有人大喊：「我這個上面有字，是滷豆乾一碟！」

「好，這位客官中了一碟滷豆乾，快，給客官送上去。」

「我也中了，辣條一碟！」

「來，給這位客官辣條一碟。」

「我我我，我也中了，豬肉乾一碟！」

「我中了蜂蜜羊奶皂兩塊……」

# 第二十六章 官商勾結

一樓大廳熱熱鬧鬧，雅間的門被人推開，盛心月提著裙襬走了進來，齊子驍撩起眼皮看了她一眼，然後用手圈住桌子道：「這都是我的，不許搶。」

誰要跟你搶啊？盛心月有些無語地走到桌旁坐下，手托腮看著他道：「抽獎的事情是三公子想出來的？」

「當然……」齊子驍得意地一揚頭。「不是了。」

她這是在跟小孩子說話吧……盛心月不禁挑了挑眉。

「我是聽我二嫂講過一個故事，便試試唄，效果不錯。」齊子驍將辣條推到盛心月面前。「來，嚐嚐，我二嫂做的。」

怎麼突然又大方起來了？

盛心月狐疑地用筷子挾起一塊辣條放進嘴中，卻被椒麻味衝得大咳，她忙端起茶杯喝了幾口水，壓下口中的椒麻味。

「怎麼樣，好吃吧？」齊子驍嘴角露出詭計得逞的笑容，故意問道。

盛心月看他一眼，然後又挾起一塊辣條吃了起來。雖然她不是很喜歡花椒，但她從來沒吃過這種東西，這辣條可以讓她忽略不喜歡的味道，越吃越想吃。

這雲娘真厲害，什麼都會做。

「嚐嚐這個，豬肉乾，特別好吃，還有這個，叫羊奶奶酪，保證好吃到掉舌頭。」他獻寶似的將自己平日的小零嘴放到盛心月面前讓她品嚐。

盛心月每樣嚐了一口，尚未來得及感嘆時，齊子驍就將所有東西都端回了自己那邊，然後得意地對盛心月挑眉道：「好吃吧？都是我的，沒妳的份。」

見狀，盛心月勾了勾唇。「三公子，你是不是對我意見特別大？」

「那倒沒有。」齊子驍搖搖頭，認真道：「我這人不記仇，即便記仇，時間也很短。」

「喔，那你一般記仇都記多久？」

齊子驍笑咪咪道：「也就一輩子吧。」

盛心月淡淡地一笑，站起身。「三公子繼續，我先去忙了。」

「盛小姐好走，不送。」齊子驍氣完了人心情特別好，開心地享受起了他的美食。有美食沒有酒怎麼行，正想著去買酒的小四怎麼沒消息，小四就推門走了進來。

「酒呢？」齊子驍皺眉，只見小四兩手空空，哪裡有酒了。

「公子，我剛才看到那個吳峰了。」

「嗯？」齊子驍掐指一算。「他跟那姓柴的約定的時間已經到了吧，交貨了嗎？」

小四嗤笑一聲說：「交什麼啊，兩手空空。」
「賠銀子了？」齊子驍問。
「賠了，契約上寫的是賠五十兩銀子，但吳峰跪在那柴公子面前哭，最後只賠了二十兩。」
「唷呵，厲害啊。」齊子驍「嘖」了一聲道：「竟然還有這麼一手。」
「喔，對了，公子，我還聽見那柴公子說晚上裝船。」小四又道。
「裝船？裝什麼船？」齊子驍皺眉。
「不知道，但感覺柴公子似乎不是很在意吳峰沒交貨的事，按理說他那麼想要肥皂，收不到貨應該很生氣才對……」小四有些不解。
齊子驍的手指在桌上敲著。裝貨？什麼貨需要晚上裝？
「到時候去瞧瞧。」齊子驍道。
「好，我知道了。」小四道。
「什麼叫你知道了，我是說我去瞧瞧。」
「你的腿還沒好呢，怎麼去？」小四不贊同道。
「沒事。」齊子驍拍拍夾板。「不妨礙小爺動作。」

當天晚上，齊子驍帶著小四悄悄摸到了碼頭邊，碼頭上掌著燈，幾個人正往船上搬貨，周圍還有幾個人看守著。

齊子驍腿不方便，便沒往前走。貨確實是往柴武軒的船上搬，他很疑惑，是什麼東西這麼讓人重視？

想了想，齊子驍對小四招招手，朝他小聲嘀咕了幾句，小四點頭應著，然後悄悄往拉貨的馬車後面摸了過去。

小四的手腳很快，悄無聲息地從馬車上摸了一塊硬邦邦的東西回來，齊子驍接過後藉著月光看了一眼，然後有些無奈——竟然是豬胰皂？

有人做了豬胰皂賣給柴武軒，但不是吳峰，那麼只可能是山匪或者另一個知道配方的人……泗寧縣縣令賀黎。

山匪不太可能大半夜在這裡運送肥皂，更有可能是賀黎所為。

齊子驍不禁有點感慨，這賀黎膽子還真是挺大的。

「公子，現在怎麼辦？這不是搶咱們生意嗎？」小四皺眉道。

「別聲張……」齊子驍話沒說完，忽然就拽了小四一把將他扯進大樹後。

只見旁邊突然閃出兩個身影，其中一個小聲道：「這縣令怎麼也做上肥皂生意了？那咱們做的肥皂要賣去哪兒？」

「賣給縣令？」另一個人道。

「……你是不是傻？」

「你才傻呢。」

「你傻。」

「你傻……」

齊子驍躲在大樹後，對兩個人的爭執翻了個白眼。

「現在怎麼辦？」

「先去找大當家的吧。」

兩人說著話，消失在夜色中。

「這兩個人是誰？」小四一頭霧水。「怎有這麼多會做肥皂的啊？」

齊子驍摸著下巴，心想他們八成是山匪，不過這年頭山匪腦子是不是都被石頭砸了，傻得嚇人。

縣令和山匪？齊子驍來了興致，若是這兩方對上，誰輸誰贏呢？要不要給他們製造一點矛盾，好隔山觀虎鬥？

齊子驍興奮地想了半天，最後又嘆了口氣，自言自語道：「算了，不給賀大人找麻煩了，雖然他現在已經墮落了，但以前總歸是個好官。」

這兩方人馬如今都惹不起，樂意賣就賣吧，齊子驍乾脆不管他們，回家睡大頭覺去了。

這邊侍衛正跟賀黎匯報碼頭上的事情。「大人，貨都裝船了，這是柴公子給的一百兩銀子。」

賀黎瞥了箱子裡的銀子一眼，淡淡道：「他還說什麼？」

「柴公子說大人要是能做成知之茶舍那種肥皂就更好了。」

「呵。」賀黎冷笑一聲。「他胃口倒是還挺大的……」

「誰?!」侍衛突然轉頭，手裡的劍已經出鞘，而窗邊不知何時多了個人。

男子年約二十多歲，皮膚有些黑，肩寬腿長，正坐在窗上笑咪咪地瞧著賀黎說：「賀大人，買賣做得不錯啊。」

「你是誰？」賀黎看著他。「怎麼進來的？」

「就這麼進來的唄，賀大人別緊張，我今天來是想跟你談筆生意。」

賀黎眯起眼，揮手讓侍衛往後退，道：「談生意?談什麼生意？」

「我這裡也有一批肥皂，煩請大人幫我賣了吧。」男子道。

「肥皂？」賀黎皺眉。「你怎麼會做肥皂的？」

「大人別管我為什麼會做肥皂，您現在利用牢裡的死囚犯做肥皂，很容易出紕漏，而我這裡有很多人，咱們可以合作，大人負責賣，我們負責做，收益刨去成本四六分成，大人覺得如何？」

賀黎聞言，上下打量男子一番，思索片刻後，他很肯定地說道：「閣下是來自龍虎山吧？」

「不愧是大人，這都能猜得到，在下穆銘，現任龍虎山大當家，幸會。」穆銘對賀黎有禮地拱手。

「穆銘？」賀黎垂在身側的手倏地攥緊，不敢置信道：「你叫穆銘？」

穆銘似是早就猜到賀黎會有這個反應，他眉目不動，淡淡道：「是，我叫穆銘，原周將軍麾下副將，現在嘛，逃兵一個。怎麼，大人要幫朝廷捉拿逃兵嗎？」

賀黎對他挑釁的話語充耳不聞，雙目赤紅地看著他說：「周將軍可還好？」

「呵。」穆銘一手撐著窗臺跳下來，一步一步走向賀黎，語氣深沈。「賀大人這話怎麼說的，所有人都知道我們將軍已經血灑疆場、不幸身亡，大人竟然還問他好不好，是故意往我心頭扎刀子嗎？」

賀黎聞言，身形晃了兩下，扶住了一旁的桌子。原來是真的，淮遠真的不在了……

好一會兒，賀黎才長長嘆了口氣道：「穆副將何必如此咄咄逼人，恩師章知儒乃淮遠的外祖父，若真論起來，淮遠當稱我一聲師兄。」

「是嗎？」穆銘往後靠在牆上，雙手環胸，表情很淡然，絲毫沒有被賀黎的話打動。

「賀大人，您與我們家將軍的關係如何我不知曉，也不關心，咱們之間現在是牽扯到了利益，您若同意，咱們就合作；您若不同意，以後出了什麼事情，賀大人可別怪我。」

賀黎聞言，突然道：「穆副將現在占據龍虎山是走投無路，還是另有圖謀？」

「我怎麼樣與您何干？」穆銘哼笑。「我勸大人別不自量力，若想剿匪也要想想自己有幾斤兩重，大人應該知道周家軍的名聲，我們將軍年少成名、治軍嚴苛，麾下士兵皆以一敵十，大人莫要雞蛋碰石頭。」

「所以，現在龍虎山上的都是周家軍？」賀黎敏銳道。

穆銘睨了他一眼。

賀黎此時的情緒已經緩和過來，他走到桌邊坐下，目光落在穆銘身上道：「穆副將出逃之事不是什麼秘密。」

頓了頓後，賀黎又道：「我同意穆副將方才所說的，肥皂我幫你賣，銀錢不必四六分，穆副將給我底下的兄弟們一些辛苦費就好。」

眼下賀黎點頭答應，穆銘反而猶豫起來，他看了賀黎半晌，突然道：「我再回去考慮一下吧。」說著就從窗戶跳了出去。

賀黎想喊住他，可尚未出聲，人已經不見了。

「大人……」侍衛皺眉。「這當真是穆銘穆副將？」

「應當是。」賀黎捏了捏眉心。「冒充逃兵能有什麼好處，而且這人一身正氣，頗有武將風範，言語間對淮遠的維護也不是裝的。」

侍衛擔心道：「山匪在咱們縣裡，還是逃兵，若是不上報，到時候……」

「到時候被罷了官，我就上山做土匪去。」賀黎擺擺手。「你去告訴底下人，抓緊時間做肥皂。」

「知道了，大人。」侍衛領命出去了。

賀黎疲憊地閉上了眼，一行清淚順著他的眼角落下。

淮遠啊淮遠，當年一別已是數載光陰，那個意氣風發的少年再也回不來了……

穆銘出了縣衙，程三虎和鄺大龍忙湊上前來道——

「大當家，怎麼樣？」

「他同意了嗎？」

「同意了。」穆銘往地上一蹲，摸著下巴。「我倒是猶豫了。」

「為什麼啊？」程三虎不解。「有個縣令做靠山，以後咱們可是想怎麼著就怎麼著。」

「你們不懂。」穆銘搖頭。「賀黎以前是狀元郎，讀過書的人要是使起壞來，可是防不勝防。我們家將軍也讀過書，上戰場時鬼點子一個接一個，全是些陰損的招數，他們都是章閣老教出來的，要是想對付咱們，我可能察覺不出來。」

「這樣啊。」鄺大龍點頭。「大當家的，你說得對，咱們沒腦子的不能跟有腦子的做生意，不然會被坑的。」

「你才沒腦子呢。」穆銘瞪他。

「是是是，我沒腦子……那大當家的，現在要怎麼辦？」

「回山上觀望一下，先把做好的肥皂賣到鄰縣去，其他的以後再說。」

齊子驍修書一封讓南文行帶回南雲村，齊淮看完信後，眉頭緊蹙。

「怎麼了？」雲宓問道。

齊淮告知雲宓後，她有些生氣地說：「這人怎麼這樣啊！」

雖說齊淮早就料到賀黎很可能是想要用肥皂來賺錢，但沒想到他真的付諸實行了。

雲宓忍不住撇嘴道：「那賀大人面相倒還周正，怎麼這般貪財，果然是人不可貌相。」

齊淮想了想，說道：「不如這樣吧，咱們再做一些肥皂，在知之茶舍附近租間鋪子賣。」因為打算公開豬胰皂的配方，所以他們一陣子沒做豬胰皂了。

「也只能這樣了，畢竟是縣令，咱們得罪不起。」雲宓道：「現在縣令摻和進來，還是別讓南二哥代賣了，免得惹麻煩。咱們可以賣一些別的，比如豆腐乳、豆皮跟滷豆乾，我還會做好多東西，不愁沒商品。」

兩人談論了一番後，雲宓又提議道：「咱們買輛馬車吧，來回方便。」

齊淮也贊同。「好，明日去集市看看。」

翌日兩人去集市選了一匹上好的馬，還買了一輛馬車，雲宓摸著黑馬那油亮的毛髮，滿心歡喜道：「我也算是擁有寶馬的人了，以後你就叫小寶吧。」

齊淮看著她歡喜的表情，突然道：「我以前也有一匹馬。」

「是嗎？什麼樣子的？」雲宓好奇道。

「棕色的，比這匹要高大很多，是匹桀驁難馴的千里馬，我與牠周旋了三天三夜才將牠馴服。」齊淮邊說著邊指了指一旁的布疋店。「去買些布疋做些墊子放在馬車上。」

雲宓跟著他進了布疋店，訝異道：「你竟然還會馴馬？」

齊淮笑問：「不像嗎？」

雲宓垂眸想了想，回道：「人不可貌相。」

齊淮挑眉道：「昨日妳用這句話形容過賀黎。」

兩人對視一眼，同時笑了起來。

看著齊淮，雲宓覺得這人其實挺神秘的，他家不過是獵戶，卻飽讀詩書；雖身在鄉野村間，卻見識高遠。還有三郎，他也識文斷字，卻曾淪落成小乞丐，現在齊淮又說他馴服過野馬，他們以前到底經歷了什麼？

「那馬有名字嗎？」雲宓問。

「有。」齊淮點頭。「妳不妨猜猜看。」

雲宓點點頭，先逛起了布店。兩人買了很多布疋，除了做墊子，還有要替蓉蓉姊弟倆做衣裳，齊子驍也需要新衣，他這個年紀還在長身體，這段時間吃得好、睡得飽，竟是長高了一截。

「我為什麼不長了呢？」雲宓踮起腳尖跟齊淮比，這身高好像一直沒變過，她跟齊子驍可是同歲啊。

齊淮揉了揉她的腦袋道：「妳不是說喝羊奶可以長高，以後我每天晚上盯著妳喝羊奶。」

「那還是算了吧。」羊奶雖好喝，但她還是更喜歡牛奶。

兩人買好東西後上了馬車，齊淮駕車，雲宓便坐在他身旁，看齊淮神采奕奕的，雲宓忍不住托腮看著他笑。當初她揭開蓋頭看到他時，他可是躺在炕上昏迷不醒，此時此刻見他這般模樣，她不禁有些得意。

「怎麼了？」齊淮偏頭看她。「想到我那匹馬叫什麼名字了？」

「你既然讓我猜，要麼是非比尋常，要麼是太過普通。」雲忞眨了眨眼。「不會叫小白或小黑吧？」她以前幫家裡的狗取名字就是這樣，白色的狗狗故意叫小黑，黑色的狗狗則叫小白。

齊淮詫異地揚眉道：「牠真的叫小黑。」

「真的嗎？」雲忞也不可置信。「你逗我開心吧？」

「沒有。」齊淮失笑。「真的就叫小黑。」那般威風凜凜的棕色千里馬叫小黑，說起來確實挺好笑的。

雲忞疑惑道：「你取的名字？你不像會起這種名字的人啊。」

「那妳覺得我會取什麼名字？」齊淮笑道。

雲忞想了想後，笑咪咪道：「踏雪、尋梅、月影之類的。」

齊淮低低笑了幾聲才道：「其實小黑是我一個……朋友取的，當初馴服小黑後，我睡了大半天，尚未來得及取名，當我打算幫牠取名字的時候，所有人都開始喊牠小黑了。」

「我還以為是三郎取的呢。」

「不是。」齊淮搖頭。「那人姓穆，比我和三郎年紀都大，但像個孩子似的，跟三郎玩得很好。」

「喔……」雲宓拖長聲音。「原來他也傻，難怪取這樣的名字了。」

齊淮忍不住伸手在雲宓鼻尖上刮了一下道：「妳方才不也猜出了名字？」

雲宓這是打了自己的臉。好吧，但凡跟三郎扯上邊的人都不聰明。

齊淮讓齊朗駕馬車去了趟縣裡傳信給齊子驍，讓他在縣裡找個鋪子，齊子驍接到信後便直接去找盛心月。

「租鋪子？」盛心月撐著下巴看著他。「要租什麼樣子的？」

「知之茶舍旁邊那家包子鋪就挺不錯的，我早就打聽過了，那是妳的鋪子，包子鋪掌櫃打算回鄉下，這鋪子現在還沒租出去，對嗎？」齊子驍道。

「打聽得倒是挺詳細的。」盛心月點頭。「那鋪子確實是我的，你想租嗎？」

齊子驍摸了摸下巴道：「怎麼，妳是打算為難我了？」

盛心月饒有興致地打量了他一番，然後笑了笑道：「不，那鋪子之所以沒往外租，就是留給雲掌櫃的，所以拿去吧，不要租金。」

齊子驍嘖嘖道：「妳如此通情達理，倒是讓我刮目相看了。」

「是嗎？」盛心月站起身往齊子驍身邊邁了兩步，笑咪咪道：「所以，你想要娶我了？」

齊子驍忙伸手阻止她的動作，一臉無語道：「盛小姐，妳正常的時候挺正常，不正常的時候可太嚇人了，妳是看到個男人就想嫁嗎？」

對於齊子驍這般不客氣的態度，盛心月絲毫不生氣，無所謂地說道：「男子看上個女子就能娶回家，我為什麼不可以？」

「還能這麼比啊？」齊子驍嗤笑一聲。「狗吃口屎，妳也跟著學去吃口屎嗎？」

# 第二十七章 山中遇險

「你……」盛心月臉色一僵，隨即笑道：「你這話是說男人都是狗嗎？」

齊子驍睨她一眼道：「這世上的狗那麼多，看家護院、英勇護人的妳不看，卻只盯著吃屎的狗，這難道不是妳的問題？」

盛心月被他懟得啞口無言，半晌後才道：「你……當真粗魯。」

齊子驍得意地笑著說：「妳也……當真離經叛道。」

盛心月忍不住笑了起來，最後聳聳肩說：「是我眼界狹窄了，三公子好見地。」

「謬讚、謬讚。」齊子驍一拱手。「那麼那間鋪子我就租下了，盛小姐還是寫個契約書吧，該多少銀子就是多少銀子，免得日後出問題。」

盛心月聞言，倒也不多說，立刻吩咐丫鬟拿了紙筆過來，當場寫起了契約。

齊子驍將傷腿架在一旁的椅子上，靠在窗下一邊喝茶一邊等待。

盛心月偶然間抬頭看到他這副模樣，好奇道：「我以前見你時，你還是個小乞丐，現在看你能識文斷字，身上還有功夫，舉手投足也不像莊戶人家，你們家以前是做什麼的？」

「我爹在大戶人家裡當家丁，我給那家公子當書僮，公子人好，讓我跟著讀書識字。」

齊子驍道。

「那為什麼不在那裡了？」

「主家落魄，用不起這麼多奴僕，便遣散了。」

「原來如此。」盛心月點點頭，將寫好的契約吹了吹，然後讓齊子驍過去簽字。

兩人簽訂了契約書後，齊子驍又拿著齊淮寫好的「雲記」二字找人做了塊匾額，等匾額做好，便可以開張了。

趁著匾額製作這段時間，齊子驍找人重新裝潢鋪子一番。這鋪子後面帶著個小院，可供居住，他讓小乞丐們打掃一下，當日便搬了過去。齊子驍又讓小四去稍遠的地方收了豬胰子，帶著幾個小乞丐在院裡做起豬胰皂，用的是火鹼與豬胰子混合的做法。

小乞丐們都是十幾歲的年紀，這幾日跟著齊子驍吃、住都好，還得到他的保證，說每天能得到一百文的工錢，幾個小乞丐興奮得不得了，做起肥皂來盡心盡力。

齊子驍囑咐小乞丐不要將配方說出去，不過老實說他不怎麼在意，齊淮在信中提過，這種豬胰皂的配方不是什麼大秘密，旁人知道了無妨，真傳出去也不是什麼大事。

匾額做好之後，雲記就這麼悄悄地開張了，鋪子內只有一排一排的肥皂，小四帶著另外兩個小乞丐小豆和小丁顧店，算是店裡的夥計。

其實根本不需要大肆宣揚，雲記的牌子一掛出去，外面便排起了長長的隊伍。

齊淮早就猜到這個情況，他讓齊子驍一開始便打出限量的旗號，豬胰皂八文錢一塊，每人最多限購五塊。

之前囤貨打算漲價的商家，沒料到雲記竟然賣得這麼便宜，頓時傻了眼，好在他們手裡的貨不算多，尤其是最近知之茶舍推出了讓人瘋搶的新款肥皂後，買得起的人對這種黑乎乎的肥皂就沒了興趣，他們想要的是知之茶舍那種肥皂。

盛子坤見齊子驍租下店面賣起肥皂很是納悶，之前這肥皂的配方不是給了縣令大人說要公開嗎？怎麼又自己賣了起來？

稍稍一細想，盛子坤便知這中間出了岔子，於是來到雲記找齊子驍詢問此事。

齊子驍無辜道：「方子我們可是交了，不過縣令大人怎麼想的，我們就不知道了。」

盛子坤聞言便知道壞了事，不由得出了一身冷汗，急道：「二郎和雲娘可知道此事？若賀大人他真的想……你們這麼做不是自尋死路嗎？」

齊子驍看出來了，盛子坤是真的替他們著急，於是忙安撫道：「我二哥和二嫂知道此事，盛大哥別擔心，兵來將擋、水來土掩，這都不是事。」

賀黎要是真丟了良心，為了個肥皂方子就想置他們於死地，到時候他也不會手軟的，悄無聲息地弄死他還不成問題。

盛子坤可不知道這些事，一時之間很是心焦，正想著怎麼去縣衙探探口風，賀黎身邊的侍衛竟然上雲記拜訪。

「這是我們大人親手題的字，慶祝雲記開張。」侍衛奉上裱好的字。

「替我們家掌櫃的謝謝賀大人。」齊子驍坦然地接下，讓人掛在牆上。

盛子坤見狀有些看不透，他不知道賀黎到底想做什麼，明明是個好官，怎會與民爭利呢？難不成真是利益面前便失了文人風骨？

俗話說民不與官鬥，齊朗家一家人都實誠，到時候可別出什麼事情才好……

盛子坤心想齊子驍還是個孩子，決定親自去趟南雲村跟齊淮談談這件事。

縣裡的生意做得順風順水，齊朗往返幾次，每次都能帶回許多錢，雲宓看著自己屋內擺著的幾口箱子，簡直幸福感爆棚，這可都是白花花的銀子啊！

肥皂賣得越好，雲宓的鬥志就越強，她去鎮上訂了幾十個小罈子用來裝豆腐乳，每個小罈子上都讓齊淮寫上「雲記」二字，等過些日子，這些豆腐乳便可以拿到雲記去賣了。

「齊二哥，現在天氣很暖和，我想去看看山上有什麼。」說不定那裡有意外的材料，她要讓雲記賣的東西越來越豐富，而且獨一無二。

「好，我陪妳去。」齊淮道。

雲宓換了身粗布衣裳，揹了個竹簍，兩人便帶著蓉蓉還有大壯一起上了山。

大壯這幾日每天跟著村裡的孩子一起上山採花跟放羊，對這裡已經很熟悉了，哪兒有什麼東西都知道得一清二楚。

幾人跟著大壯走了一會兒，所過之處都是些野花與野草，沒什麼新奇玩意兒。

「這裡沒有果子之類的東西嗎？」雲宓問。

「有啊。」大壯道：「翻過那個山頭，那邊有一大片漿果，只不過又酸又澀，不好吃。」

「是嗎？」雲宓忙道：「你先帶我們去看看。」

大壯領頭往山那邊走，齊淮最近看著身體不錯的樣子，但是真正爬起山來，卻有些體力不支，不由得無奈地嘆了口氣。

雲宓扶著他慢慢走，安慰道：「沒關係，慢慢來，其實適當活動一下也挺好的。齊二哥，以後我每天都帶你出來鍛鍊，好不好？」

「好。」

一行人不趕時間，陪著齊淮緩步前進，山頭不高，半個多時辰便走到了，看到那片紅彤彤的漿果，雲宓忍不住小聲歡呼。「好多啊！大壯，這個真的可以吃嗎？」

「可以是可以，但真的很酸澀。」大壯見雲宓如此開心，有些不忍心打擊她。「夫人，我們都不愛吃這東西，倒是小羊挺喜歡吃的。」

雲宓笑了，摸了摸他的頭說：「咱們可以讓它變得好吃啊！好了，咱們今天的任務是將帶來的幾個竹簍都裝滿漿果，等回去給你們做好吃的。」

水果罐頭、果醬、漿果酒……她想出了很多可以做的東西。

蓉蓉和大壯總是無條件信任雲宓說的話，聞言便立刻採集起了漿果。

幾人正在山上忙著，卻見齊朗滿頭大汗地找了過來道：「雲娘、二郎，盛掌櫃來了。」

「盛大哥？」雲宓看了齊淮一眼。盛子坤從縣裡趕過來一定是有事，莫不是三郎出了什麼狀況？她頓時焦急起來。

見狀，齊淮忙問道：「說是什麼事嗎？」

齊朗看出雲宓和齊淮在擔心什麼，忙解釋道：「提了一嘴，說是賀大人的事情，三郎好好的，沒事。」

雲宓和齊淮頓時放下了心，想必是盛子坤擔心賀黎會找他們麻煩，所以過來問問。

想了想，雲宓說道：「齊二哥，你跟爹回去先招呼著，我跟蓉蓉他們採完這些就回家。」

天色還早，雲宓難得上山一趟，想來也沒玩夠，齊淮便問齊朗。「爹，這山上不會有什麼野獸吧？」

「沒有，野獸都在深山老林裡，安全得很。」齊朗笑道：「村裡的孩子經常來這裡玩，雲娘難得出來，讓她玩一會兒吧。」

齊朗正說著，不遠處就傳來了南文錦的聲音。「大壯，我採了花跟你換齊二嫂的豬肉乾，先給我，別都換給別人了！」

瞧見南文錦領著村裡兩個小子跑了過來，齊淮便不再擔心，跟著齊朗下了山。

齊朗跟齊淮走後，雲宓帶著一群孩子在山上採花、採漿果，南文錦等幾個小孩也跟著採，南文錦還過來討好雲宓道：「齊二嫂，妳這是打算做什麼好吃的？做完後我能嚐嚐嗎？」

「能啊，當然能了。」雲宓道。

南文錦瞬間幹勁十足地說：「謝謝齊二嫂！」

雲宓沒敢往深處去，就在這四周轉了轉，春天的山上除了野花與野草，還有很多不認識的植物，她仔細翻找著，希望能找到些有用處的。

鄺大龍和程三虎悄悄地從另一側山頭摸進了南雲村地界，貓在一棵大樹後，看著有說有笑的雲宓和孩子們。

程三虎輕聲道：「大哥，那個女人就是雲記的掌櫃，咱們把她搶回去，讓她教咱們怎麼做新的那種肥皂，這樣大當家就不用去找那個狗屁縣令了。」

「是這麼說沒錯，但搶人是不是不太好？」

「咱們又不對她做什麼。再說了，大哥，你忘了咱們可是山匪，本來就該強搶民女、打家劫舍的。」

「對喔。」鄺大龍點頭。「跟著大當家的時間長了，我就把咱們山匪的身分都給忘了。行，就把她搶回去！」

齊淮與盛子坤討論了一番，盛子坤的心稍稍放下了，但還是叮囑齊淮。「無論如何，你們都要小心一些，有什麼事情一定要告訴我。」

「知道了，謝謝盛大哥。」

盛子坤擺擺手道：「咱們之間就不用這麼客氣了。」

坐了沒一會兒，盛子坤便起身告辭，齊淮準備了些雲恣做的豆腐乳、腐竹之類的東西給他帶著，盛子坤也沒推辭，只道：「雲娘做的都是好東西，我就收下了。」

兩人在門口道別，卻聽見不遠處傳來喊叫聲，接著幾個孩子跌跌撞撞地跑了過來，帶頭的是南文錦，他渾身上下滿是雜草，身上還有漿果汁，像是在漿果叢裡滾了一圈似的，模樣頗為狼狽。

齊淮心中一慌，忙問道：「怎麼了？」

南文錦跑到他面前，大口喘著粗氣，好半天才把話說出來。「齊、齊二哥，齊二嫂被山匪擄走了！」

「你說什麼？」齊淮臉色一白，身體晃了一下。

盛子坤忙攙住他。「二郎，別急。小兄弟，你快把事情經過說一下。」

南文錦忙道：「我們在那採漿果，突然出現了兩個男人，長得很是高大，他們上來就要帶走齊二嫂，我們自然是不肯，便與他們打了起來，但實在打不過，最後齊二嫂被他們扛走，蓉蓉姊抱著其中一人的腿不肯撒手，最後也被帶走了，大壯悄悄跟了上去，讓我回來報信。」

到底是上過私塾的孩子，南文錦幾句話把事情說得明明白白，齊淮聽完以後沈默了，然後猛地咳了一聲，嘔出一口鮮血來。

盛子坤扶著他喊道：「二郎！二郎……」

南文錦立刻趕去新房子那邊將齊朗喊回來，又回家告知他爹，村裡人都來到了齊朗家，齊淮剛剛清醒過來，半躺在炕上，臉色蒼白。

雖然南世群很是憂心，但還是安撫齊淮。「二郎，你先別著急，我這就召集村裡人去找雲娘，也讓你嬸子去找雲老大問問龍虎山的情況，咱們一定會把雲娘救回來的。」

「對。」盛子坤也道：「我馬上回縣裡報官，讓賀大人派人剿匪。」

眾人都在焦急地商量對策，只有齊淮面色平靜，已經不復方才吐血時的失態。

「文錦。」齊淮對一直站在旁邊小聲啜泣的南文錦招招手。

南文錦走過來，抽噎道：「齊二哥，你打我吧，都怪我沒保護好齊二嫂。」

「不怪你，要怪只能怪我，不該留她在山上。」

「二郎，你別自責。」齊朗怕他想不開，忙道：「咱們村裡的孩子跟女人都是到那邊撿柴玩耍，從來沒出過事情，跟你無關。」

齊淮搖搖頭，看向南文錦道：「你再將事情經過說一遍，說仔細些。」

南文錦仔細回憶當時的各種細節，又向齊淮描述了一番事情經過。

齊淮說：「你是說當時其中一個山匪想要踹你，但沒有踹？」

「對。」南文錦點頭。「他的腳那麼大，要是踹到我的胸口上，估計我就要死了，最後他沒踹我，只是把我扔進漿果叢裡。」

「你們之中有人受傷嗎？」齊淮又問。

「小福子的腿青了一塊，不過是他摔倒時撞的，不是山匪打的。」南文錦道。

「我知道了。」齊淮閉了閉眼，片刻後對盛子坤道：「盛大哥，這件事暫時先不要告訴三郎，我怕他著急起來不管不顧的，他腿還沒好呢。」

「好，我不告訴他，那我報官總可以吧？」

齊淮搖了搖頭說：「暫時不用。」

盛子坤聞言，著急道：「不報官你打算如何？」

「報官後官府怎麼管？」齊淮看向盛子坤。「官府若真的管了，到時候山匪惱羞成怒撕票，又當如何？」

盛子坤一時說不出話來，齊淮又道：「山匪最多就是求財，把銀子給他們就是了。」

齊朗看了齊淮一眼，一言不發地出了房間，不知從哪兒找出兩把匕首磨了起來。

龍虎山上一間破舊的柴房內，雲宓剛剛清醒過來，看著眼前陌生的環境，慢慢回憶起了之前的事情——她被山匪綁架了。

雲宓忙看了看自己身上的衣裳，除了髒了點，還算齊整。

「唔唔唔……」

旁邊傳來女子的聲音，雲宓循聲看過去，便看到了被綁著手腳、嘴裡塞著布條的蓉蓉。

雲宓忙走過去替蓉蓉鬆綁，急道：「蓉蓉，妳沒事吧？」

「我沒事。夫人，您還好吧？」重獲自由的蓉蓉忙在雲宓身上摸了摸，確定她完好無損後才鬆了口氣。

「妳傻不傻啊？」雲宓揉了揉她的頭髮。「還自己往山匪身上撲。」

蓉蓉紅著眼睛道：「我是怕他們對您……夫人，別怕，我會保護您。」

「沒事。」雲宓一邊安撫蓉蓉，一邊悄悄來到門口。透過門縫往外看去，只見外頭站著兩個人，門上了鎖，窗子被封著，她們就是插翅也飛不出去。

「夫人，現在怎麼辦？」蓉蓉有些害怕地抱住了雲宓的胳膊。

雲宓算是鎮靜，在這種情況下，她的思緒還挺活絡的。山匪明顯是衝著她而來，看樣子目的明確，而且認識她。

她自知沒有遠近聞名的美貌，能讓人為此而綁架她，那麼便只有錢財了。說錢財也不準確，應當是能賺錢的東西，比如肥皂方子。

想到這裡，雲宓鬆了口氣，只要對方有所圖，她們就有得談。

兩人正忐忑著時，柴房的門被人從外面推開了，蓉蓉認出這兩人就是綁架雲宓的人，忙擋在她身前，瞪著兩人道：「你們想幹麼？」

程三虎走進來，笑咪咪地看著她們說：「雲掌櫃，是這樣的，我們不想為難妳，只要妳把肥皂方子說出來，我們就放妳走。」

果然是為了肥皂，雲宓佯裝詫異道：「肥皂方子？」

「對，肥皂方子。」鄺大龍朝她們走來。

蓉蓉忙護著雲宓往後退，警惕地看著他。「你站住，別往這走。」

「兩位別怕。」鄺大龍忙舉起雙手示意自己沒有惡意。「我們好好談談，不會對妳們做什麼的。」

雲宓拍拍蓉蓉的肩膀安撫她，然後看著鄺大龍道：「你們不是已經得到肥皂方子了嗎？」

「雲掌櫃這話說的。」鄺大龍乾笑一聲。「那豬胰子做的肥皂多埋汰啊，妳看你們雲記的肥皂，溜光水滑的，多好看。」

蓉蓉忍不住扁起嘴，心想：那你倒是長眼睛了，還挺識貨的。

程三虎見雲宓不說話，又道：「雲掌櫃放心，我們要是學會怎麼做肥皂，肯定不在泗寧縣賣，不搶你們家的生意。」

雲宓上下打量著這兩位山匪，他們雖生得人高馬大、一臉凶相，但說出來的話倒是客客氣氣的，不如她想像中蠻橫。

當然了，這世上人面獸心、人前一套人後一套的人多了去，她見識少，也可能識人不清。

# 第二十八章　睜眼瞎話

雲宓問道：「你們是這龍虎山的當家？」

「是……也不是。」鄺大龍撓撓頭。「我們以前是這龍虎山的當家，不過後來被別人搶了。」

被搶了？這山寨的當家也不好當啊……

程三虎解釋道：「我們現在的大當家為人仁義，妳放心，我們不會對妳怎麼樣的，他不允許我們搶普通百姓，只准搶魚肉鄉里的壞人。」

一個山匪講仁義道德，也真是稀奇。「這樣啊。」雲宓順著他的話道：「那這麼說，你們是好人了？」

「那是。」程三虎頭一揚。「我們大當家俠肝義膽、劫富濟……不，我們自己現在還吃不飽，但等到賺了銀子，一定會劫富濟貧的。」

「還俠肝義膽？俠肝義膽的人才不會幹綁架這種事呢。」蓉蓉小聲嘀咕。

她說的話被兩人聽見，鄺大龍輕咳一聲。「我們這是想找雲掌櫃談生意，不算綁架。」

蓉蓉伸出手讓他看手腕上的瘀青，道：「這不是綁架嗎？」

鄺大龍和程三虎對視一眼，裝作沒看見，繼續對雲宓道：「雲掌櫃，我們可是很有誠意的，妳若是願意，我們可以付錢買妳的肥皂方子。」

「付錢？」雲宓有些詫異，沒想到竟然會從山匪嘴中聽到「付錢」這兩個字。「你們打算付多少銀子啊？」

「看雲掌櫃開價。」鄺大龍道。

「那我算一下。」雲宓掰著手指算了起來。「這種新肥皂你們肯定打聽過了，知道能賣什麼價錢，只要你們做得出來，肯定能賺銀子，我覺得……」她豎起一根手指，故意拖長聲音道：「一……」

兩人看著雲宓纖細的手指，鄺大龍緊張地嚥了嚥唾沫道：「一、一、一多少？」

「一萬兩銀子。」雲宓笑咪咪道：「不多吧？」

「一萬兩?!」鄺大龍震驚地瞪大眼，驚呼道：「妳這是獅子大開口吧？」

一旁的程三虎也愣住了。

雲宓故作為難地小聲道：「這肥皂可是要用來養活我們全家的，你們不知道我家相公的脾氣，他要是知道我把方子告訴你們，一定會打死我的。」

「瞎說吧，我怎麼聽說妳相公對妳挺好的呢？」程三虎不信道。

「那都是表面上。」雲宓輕輕嘆了口氣，泫然欲泣道：「我們家由他作主，他在外人面前表現得對我很好，但回到家關起門都要聽他的，我要是不聽話，他就對我拳打腳踢，我……」

「妳、妳妳、妳別哭啊……」鄺大龍慌了手腳。

程三虎也緊張地說：「怎麼還哭起來了呢？妳家相公看著文質彬彬的，原來是這麼個畜生……」

雲宓在心裡「呸」了一聲，齊二哥才不是呢。

鄺大龍為難地說：「不過一萬兩我們確實拿不出來，這裡連一百兩都沒有呢，妳、妳、妳再降降……再降降……」

雲宓看著他們，覺得真是奇了，這山匪竟然在跟她討價還價。

「那……」雲宓試探道：「一千兩？」

「一千兩？」鄺大龍搓著手想了半天，最後跟程三虎互相點了個頭，才說道：「一千兩也可以，但妳得先教我們怎麼做肥皂，等賣肥皂有了錢，才能給妳這一千兩。」

雲宓這下肯定這兩個人是真的想跟她做生意。「這樣吧，讓我見見你們大當家，我跟他當面談。」

「大當家？」程三虎摸摸鼻子。「不用見我們大當家，妳跟我們說就行，這麼點小事哪用得著麻煩他呢，我們就能辦。」

「一千兩銀子是小事啊？」蓉蓉插嘴道。
程三虎和鄺大龍被蓉蓉問得啞口無言，最後程三虎狠下心道：「那妳們先在這裡關著吧。」
等他們出去後，蓉蓉小聲道：「夫人，我怎麼覺得這兩人有點兒傻呢？」
雲恣原本想跟蓉蓉說看人不能只看表面，但這話她怎麼也說不出口，因為她也覺得這兩人傻乎乎的。
柴房外，程三虎對鄺大龍小聲道：「大哥，這件事不能讓大當家知道，咱們先把方子搞到手，到時候大當家即便知道咱們把人給綁了，也不會怪咱們。」
鄺大龍皺眉說：「但我看雲掌櫃這丫頭片子鬼靈精怪的，她不說怎麼辦？」
程三虎回道：「那就用刑，嚇唬嚇唬她。」
鄺大龍說：「怎麼個嚇唬法？就她這小骨頭架子，一巴掌下去不得打個半死啊？」
程三虎無奈道：「那怎麼辦啊？」
兩人蹲在地上愁得慌，想了好半天，程三虎一拍大腿道：「我知道了，咱們就殺雞儆猴，讓她看看山匪的厲害！」
雲恣和蓉蓉正在柴房內商量著怎麼樣才能逃出去，就聽外面傳來慘叫聲。
蓉蓉忙站起來趴到門上看，外面的慘叫聲一直持續，她有些驚恐地看向雲恣道：「夫人，他們在打人。」

雲惢起身過去查看，只見那兩人正拿著皮鞭輪流往綁在柱子上的人身上抽，嘴裡還念叨著——

「說是不說？不說老子就打死你！」

「還嘴硬？你再嘴硬試試看！」

雲惢實在是沒眼看下去了。好吧，她確定了，這兩人是真傻。

盛子坤一直記著齊淮的囑咐，但他左思右想，總覺得不對勁，萬一雲惢出事該怎麼辦？他拿不定主意，便來到知之茶舍找盛心月商量，兩人正在屋內說著話，房門忽然被人用力推開，只見齊子驍拄著枴杖滿臉寒光地走進來道：「你們說什麼？我二嫂被山匪給綁了？」

「三郎，你先別急。」盛子坤忙站起身道：「你二哥說先別告訴你……」

齊子驍根本就不聽盛子坤說了什麼，直接坐下開始拆腿上的夾板，盛心月過來想阻止他。「你做什麼？腿還沒好呢！」

不料齊子驍甩開她的手，淡淡道：「我自己的腿我心裡有數，我得去救我二嫂。」

「你怎麼救？」盛心月皺眉道：「這事得從長計議，要是一時衝動，反而會害了雲掌櫃。」

「我沒衝動，不過就是個山匪窩而已，沒什麼大不了。」齊子驍兩三下將夾板拆下來扔在一旁，然後起身就往外走。

盛心月一把拽住他道：「齊子驍，你冷靜一下，咱們一起商量對策，人自然是要救的，但先要找人，官府若真不可靠，咱們可以花銀子僱人，你單槍匹馬的能做什麼？」

齊子驍轉身看向她，語氣平靜。「盛小姐，妳放心吧，我沒問題的。」

盛心月還想說些什麼，齊子驍已經轉身一瘸一拐地走了，小四一直站在房間外，見齊子驍出來，忙跟上去道：「公子，我們幾個人跟你一起去。」

「不用。」齊子驍搖頭。「你們看好鋪子就行，我很快就回來。」

此時的南雲村內，齊朗已經磨好了兩把匕首跟兩把大刀，他目光深沈地看著齊淮道：「二郎，我自己去即可。」

「不。」齊淮搖搖頭。「我跟您一起。」

「你……」

「我沒事。」齊淮撐著身體下了炕。「爹，您找個包袱包二百兩銀子帶在身上。」

齊朗自知無法改變齊淮的心意，也不再勸，聽從他的吩咐準備銀子去了。在山匪窩內多耽擱一刻都會有生命危險，不能浪費時間。

換了身方便行動的衣裳，齊淮轉身時看到了桌上的白瓷瓶，眉頭微微一皺。

那白瓷瓶是雲宓放在這裡的，他拿起白瓷瓶晃了晃，裡面有小半瓶水。

打開蓋子，齊淮聞了聞——很淺淡的香氣，他經常能從雲宓身上聞到這種香味。

齊淮思索一番，將白瓷瓶裡的水倒入碗裡，猶豫了一瞬，便直接端起碗喝了下去——是熟悉的甜味，當他喝完雲宓沖的蜂蜜水，嘴裡便會有這種餘味。

喝下水沒多久，齊淮就覺得丹田發熱，全身從內到外變得充盈起來，方才的虛弱難受都消失殆盡，似乎也有了用不完的力氣。他拿過一旁的茶杯用力捏了一下，茶杯隨即破裂。

齊淮有些驚訝地看著自己的手，然後又看向桌上的白瓷瓶，心中一直以來的猜測似是得到了證實，他的身體能夠慢慢好起來，果然跟雲宓手裡的那個白瓷瓶有關。

「二郎，準備好了。」齊朗推門進來，看到齊淮後愣了一下。「我覺得你臉色似乎好了很多……」

「現在的確舒服一些了。」齊淮不知道自己這身體到底是怎麼回事，但此時此刻卻是對他助益良多。「爹，走吧，去龍虎山。」

「好。」齊朗立刻出門套了馬車，趁著天黑悄悄從南雲村出發，往龍虎山而去。

外面的慘叫聲持續到了天黑，雲宓終於忍不住對著門縫喊了一聲。「兩位大哥！」

程三虎一喜，說道：「大哥，她肯定是害怕了。」

他來到門口，故意粗聲吆喝道：「怎麼，妳同意了？」

雲宓乾笑一聲說：「大哥，我們餓了，能給點吃的嗎？吃飽了才能思考。」

「妳妳妳……妳就繼續餓著吧。」程三虎沒好氣道：「女人的事怎就這麼多啊？」

「大哥，我兩天沒吃飯了，再不吃就餓死了。」

「妳騙誰呢，咱們今天才剛把妳擄來，妳怎麼可能兩天沒吃飯？」

雲宓聲音虛弱道：「我相公生我氣，從昨天起就不讓我吃飯，我真的已經兩天沒吃飯了。山匪大哥，行行好吧。」

「大哥……」程三虎看向鄺大龍。

鄺大龍撓了撓頭。「這萬一真餓死了怎麼辦？」

程三虎臉一黑，走去廚房端了兩碗麵條過來，怒道：「吃，趕緊給我吃，吃完了就把肥皂配方說出來，不然我就要對妳用刑了！」

「好、好，我一定說。」雲宓將其中一碗麵端給蓉蓉後，自己也挾了一筷子麵條放到嘴中，然後露出了難以言喻的表情，默默將碗放到一旁。

「怎麼不吃了？」程三虎皺眉道。

雲宓裝作不好意思道：「這……不好吃。」

「不好吃？」程三虎急了。「妳要知道妳現在是在龍虎山，是被綁來的，一個肉票竟然還挑飯好不好吃？妳這個女人簡直不可理喻！」

「不好吃怎麼吃得下去嘛……」雲宓輕聲嘀咕。

「妳相公都不讓妳吃飯了，妳還挑東挑西，要我是妳相公，我也抽妳！」程三虎氣急道。

「你說什麼呢？」蓉蓉不樂意了。「我們夫人就挑了怎麼著？她做飯可好吃了，你吃過狀元樓的東坡肉跟佛跳牆嗎？那就是她教給他們的，還有擔擔麵、小籠湯包跟涼皮，你們都吃過嗎？」

「什麼是擔擔麵？」程三虎被吸引了注意力。「涼皮我倒是在鎮上吃過，妳也會做？」

「那就是我們夫人教給攤主的，還有雞蛋灌餅也是。」蓉蓉道。

「真的嗎？」程三虎嚥了嚥唾沫。

雲宓乘機道：「要不然我做頓飯給你們嚐嚐？」

程三虎看了酈大龍一眼，不等酈大龍說話，雲宓又道：「我人生地不熟的，又跑不了，而且天色這麼晚了，我若是亂跑，說不定會被野獸給吃了，大家忙活了一天都餓了，我做點好吃的給你們，好不好？」

鄺大龍猶豫了一下，便道：「那、那妳做吧。」天大地大，吃飯最大。

院中就有一個小廚房，看起來平日應該沒怎麼在用，但基本食材還是有的，雲宓便生了火，打算做一些麵食。

蓉蓉還被關在柴房內，其中一人負責看著雲宓做飯，雲宓一邊和麵一邊跟他聊天。「大哥怎麼稱呼？」

「我叫程三虎，我大哥叫鄺大龍。」程三虎道。

「喔。」鄺大龍、程三虎……這山就叫龍虎山，他們的名字聽起來還挺威風的，卻被別人搶了山頭，不知道他們現在的大當家是何許人也。

雲宓越想越覺得不對勁，這兩人看著是挺傻，但山上其他人呢？也像他們這麼傻嗎？這可是貨真價實的山匪窩啊！

「有肉嗎？」雲宓問。

「有，我去找。」程三虎離開小廚房前又轉身道：「別想著跑，龍虎山上全是機關陷阱，妳跑不出去的。」

「你看我傻嗎？」雲宓反問。

程三虎回道：「不傻。」不只不傻，看著還精明得很。

眼看程三虎找肉去了，雲宓趁鄺大龍不注意，迅速拿刀削了幾根尖尖的木籤藏在身上。

程三虎拎回了一隻雞和一塊豬肉，雲宓作為被綁來的人質，自然不會真的想要做什麼人間美味給山匪，她將雞扔進鍋裡亂燉一番，又做了些豬肉餡餅就算完事了。

即便雲宓有糊弄之嫌，但兩人還是吃得滿嘴流油，鄺大龍喊著。「太好吃了，比潘婆子做的好吃多了，簡直是神仙才能吃到的啊！」

程三虎一邊大口吃著一邊對雲宓道：「反正妳相公總是打妳，要不然妳就留在山上做飯吧，我們大當家人可好了，妳嫁給他當壓寨夫人也可以。」

雲宓頓時無語。這兩個大傻子……

蓉蓉跟雲宓一天沒吃飯，早就餓壞了，一碗雞湯、兩個餡餅吃下去，這才恢復了些氣力。

鄺大龍和程三虎吃飽喝足，便開始再次詢問雲宓。程三虎道：「怎麼樣，想清楚了嗎？」

「想清楚了。」雲宓點頭。

鄺大龍歡喜道：「妳打算說了？」

「當然。」雲宓點頭。「我會把我知道的那一半方子告訴你們。」

「一半？什麼叫一半？」程三虎懵了。「方子還有一半的？」

雲宓嘆口氣道：「實不相瞞，這方子呢，是我救了一個暈倒在我們家門口的老爺爺，他告訴我的。那時候我相公天天對我又打又罵，老爺爺為了讓我相公對我好一些，便將方子一分為二，我跟我相公各一半，只有我們在一起才能做出這肥皂來，只可惜我相公還是苛待我……」

蓉蓉在一旁聽得目瞪口呆，要不是天天跟齊朗家的人相處，夫人這瞎話編得她都要信了。

鄺大龍和程三虎也聽懵了，方子還能這樣分的？

「妳是在騙我們吧？」程三虎不信道。

「我都身處這般境地了，還能騙你們？」雲忞開始抽噎道：「爹娘早逝，我寄居大伯父家，最後被大伯父用二十兩銀子賣給了我家相公，相公對我不好，我過得生不如死，現在又被你們擄到山上來，前途未卜，這世上還有比我更命苦的人嗎？」

雲忞淒淒慘慘的語氣說得鄺大龍和程三虎都茫了，好半天，程三虎才道：「那怎麼辦？」

「要不，我出個主意吧，既能救我，也能幫你們拿到肥皂方子。」雲忞乘機道。

「說來聽聽。」鄺大龍道。

雲忞抹了抹根本不存在的眼淚，說道：「你們下山去找我相公，用我來威脅他，他若是願意為了我交出另一半方子，自然代表他還是將我放在心上的，那麼一千兩銀子我也不要了，免費給你們方子，你們拿著去找大當家，就說是花一千兩銀子買來的，我能回去好好跟我家相公過日子，你們也能在大當家面前長臉是不是？」

「妳家相公要是不同意呢？」鄺大龍問。

「那你們就對他用刑，逼他說啊，等他說出來後，我也不回去了，就留在山上幫你們做肥皂、做飯，豈不兩全其美？」

「對喔。」程三虎看向鄺大龍，覺得雲宓說得還挺有道理的。「大哥，這樣吧，你看著她們，我下山去找她相公，她相公那副德行，怎麼可能會拿方子來贖她，到時候就讓她留在山上當壓寨夫人，咱們以後就不用吃潘婆子做的飯了。」

鄺大龍點頭道：「行，不過我跟你一起去比較好。」

「那她們怎麼辦？」

「鎖著呢，跑不出去。」

「算了，我還是自己去吧，大哥看著她們。」程三虎說完，自己下山去了。

程三虎離開以後，鄺大龍就坐在柴房門口一邊吃餡餅一邊看著兩人。

「夫人，接下來怎麼辦？」蓉蓉小聲問：「他們若是將公子也抓來了呢？」

「不會的。」雲宓搖頭。「齊二哥很聰明，只要將消息帶過去，他定會有辦法的，咱們只能等了。」

她想清楚了，即便她和蓉蓉離開柴房，也有很大的機率逃不出這座山，只能寄望於這兩位山匪了。

雲宓將削尖的木籤分給蓉蓉兩根，說道：「妳先睡，我守著；後半夜我再睡，換妳守著。」

# 第二十九章　困守柴房

此時的龍虎山山腳下，齊淮和齊朗已經下了馬車開始徒步上山。

齊朗手中執著火把在前面帶路，齊淮跟在他身後，犀利的視線自山上掃過，他輕聲道：「爹，這裡有陷阱，小心些。」

「知道了。」齊朗道。

兩人走了沒多遠便聽到了喊「救命」的聲音，齊朗眉頭一皺道：「聽起來像是大壯。」

「過去看看。」

待兩人走近，齊朗舉高火把，就看到大壯正在半空中的網子裡掙扎。

齊朗忙砍斷繩子將大壯放下來，只見大壯氣喘吁吁道：「公子，我跟著那兩個山匪到了這裡就被吊起來了，夫人和姊姊被他們扛上了山。」

「好，我知道了，你先回家。」齊淮道。

「不要，我跟你們去。」大壯說什麼都不肯回去，齊淮不想耽擱時間，便將大壯一併帶上了。

龍虎山易守難攻，上山的路只有一條，越往深處去，陷阱越多，大壯尚未反應過來，齊朗已經帶著兩人避開了幾處機關。

大壯往深坑裡看了一眼，嚇了一跳，這要是真掉下去，不死也得丟半條命。

齊淮若有所思，龍虎山上的陷阱不是沒有規律的，反而有些排兵布陣的架勢，看來這山裡待著的人並不是普通的山賊草寇，怕是有高人在其中指點。

再往深處去，時不時便遇到幾個正在巡邏的山匪，但不等他們出聲就被齊朗悄無聲息地打暈了，大壯看得目瞪口呆道：「齊大叔，您這也太厲害了。」

大壯暗暗下定決心，等他長大了也要當獵戶，這樣就能保護姊姊了。

天色很暗，只憑火把很難看清楚路，山路越來越崎嶇難行，三人走得有些費勁。

忽然間，山裡傳來了幾聲哨聲，卻沒有得到應有的回應。

齊淮與齊朗同時停下腳步，齊朗詫異道：「二郎，我是不是聽錯了？」

他們行軍時若隊伍拉得太長，便會用哨聲前後呼應，難不成這批山匪也是如此？

齊淮眉頭微蹙，不等他開口說話，又傳來幾聲急促的哨聲，兩人對視一眼，齊淮低聲道：「小心些。」

可能是哨聲一直沒得到回應，山上陸續燃起了火把，齊朗忙將手中的火把熄滅。

幾個山匪邊走下山邊道——

「這山下怎麼一直沒回應，難不成是出了什麼事情？」

「能出什麼事啊？有人闖山？」
「誰敢闖咱們龍虎山，不要命了吧？」
「是不是官府的人？」
「呵，就泗寧縣那幾個官兵，拿咱們有什麼辦法？來一個殺一個，來兩個殺一雙！」
「都圍在這裡幹麼呢？我剛剛聽你們吹了好幾聲哨子，發生什麼事情了？」
「三當家？」看到是程三虎，有人忙道：「剛才吹了哨子，山下沒人回應。」
程三虎不以為意地說道：「怕是又睡著了，或是哨子掉了，我下去看看。」
「這麼晚了，還是我們幾個去，三當家回去休息吧。」
「不用，我正好要下山，順便而已。」程三虎道。
「那我讓人跟三當家一起……你是誰？放開我們三當家的！」
面對突然出現的三人，山匪都慌了，沒想到竟然有人能躲開山下那麼多陷阱，趁著夜色上山。
齊朗的匕首橫在程三虎脖子上，沈聲道：「別動，不然我的手可不聽使喚。」
程三虎平日自詡武功高強，除了大當家誰都瞧不上，但這人卻悄無聲息出現在自己身邊，還讓他毫無還手之力，他不禁恐慌道：「英雄……有話好好說，別激動。」
大壯上前一步看清了程三虎的臉後，忙對齊淮道：「公子，是他，就是他綁走了夫人和姊姊！」

齊淮望向程三虎，程三虎也僵著身體斜眼看向齊淮，在火把的光芒下，程三虎認出了齊淮。「是、是、是你……」

「你認識我？」齊淮瞇了瞇眼睛，突然伸手攥住程三虎的脖子，程三虎的呼吸瞬間急促起來，只見齊淮冷冷盯著他，沈聲道：「我娘子呢？」

程三虎被齊淮冰冷的視線鎮住，下一刻，因為呼吸不暢，他開始翻白眼掙扎著發出聲音。「唔唔唔……」

「放開我們三當家！」

幾個山匪見狀就要上前，齊朗另一隻手將大刀一橫，兩個上前的山匪直接被拍了出去暈倒在地，剩下的人被眼前的狀況震懾住了，不敢再輕舉妄動，後面一個山匪轉身就往山上跑。

齊淮稍稍鬆了一下力氣道：「帶我去找我家娘子。」

終於吸到了空氣，程三虎用力喘息，半晌才道：「好好好，我帶你去……」

齊淮一放開手，程三虎便劇烈咳嗽起來，咳了好一會兒後，他突然跳起身往前躥去，被齊朗一刀背打下去，直接趴在地上，吃了一口泥。

程三虎徹底被打服了，不甘願地爬起來帶著齊淮等人往山上去，幾個山匪不敢上前，戒備地跟在他們後面。

齊淮朝他們打量了一番，這些人一看便知沒有受過正規訓練，雖然虎背熊腰，但都是些鄉野村夫，不是當過兵的人。

很快的，齊淮收回視線，他現在沒空管這些，唯一的希望就是快點見到雲宓跟蓉蓉，怕她們出了什麼意外。

「上山來找你媳婦兒，不就是為了另一半肥皂方子嘛。」程三虎小聲嘀咕著。「一個成天打媳婦兒的畜生。」

齊淮的耳力很好，將程三虎的低語聽了個清楚明白。

「你說什麼？再說一遍！」齊淮道。

程三虎冷哼一聲，不再開口。等到了山上，大當家一定會來救他，到時候他就當著雲掌櫃的面把這畜生打死。

大壯忍不住上前一腳踹在程三虎屁股上，他的力氣不小，踹得程三虎踉蹌了一步。

程三虎咬牙切齒地瞪了大壯一眼。臭小子，給我等著！

柴房外，鄺大龍越想越不放心，反正這兩個婦道人家關在柴房裡也跑不出來，他還是去幫一下程三虎比較好。

想到這裡，鄺大龍確定柴房的門鎖好了後，便往山下去。

在他離開之後，兩道人影摸著黑往柴房前進。

「我親眼看著二當家和三當家帶著兩個女人上山。」

「確定沒看錯？大當家不是說不能搶女人嗎？」

「別讓大當家看見不就行了？咱們可是土匪，幹的就是打家劫舍的事情，為什麼不能搶女人？」

「走，先過去瞧瞧再說。」

來到柴房外，兩人疑惑道——

「怎麼沒人看著？二當家和三當家呢？」

「可能出去了，我剛看到二當家往山下走。」

「不管了，先看看這兩個小娘子到底漂亮成什麼樣子，能讓二當家和三當家違背規矩，背著大當家把人擄上山來。」

雲宓聽著門外傳來的動靜，忙將蓉蓉晃醒，蓉蓉迷迷糊糊地睜開眼睛，剛想說話便被雲宓摀住了嘴巴。

「噓。」雲宓小聲道：「有人。」

這不是程三虎和鄺大龍，他們每次進來動靜都很大，不會這麼鬼鬼祟祟的。

蓉蓉迅速清醒過來，雲宓在柴房內四處看了看，只有一張破舊的凳子，再無其他可用的東西。

她們握緊了手裡的木籤，悄悄躲到了門後，只見門被打開，兩道身影摸了進來。

「人呢？」矮小一些的那個看到柴房內沒人，忍不住說道：「難不成跑了？」

話音剛落，身後傳來一絲動靜，他們一轉過身，便瞧見雲宓與蓉蓉往門外跑去。

「別跑！」

兩人迅速追出去，在雲宓和蓉蓉跑到院外時便追上了她們，蓉蓉將雲宓往前一推道：

「夫人，您快跑，我擋著他們！」

說著，蓉蓉便轉身往那兩人身上撲了過去，矮個子的一時不察，直接被蓉蓉撲倒在地，竟是暫時沒能翻起身來。

另外一個瘦一些的沒管蓉蓉，而是往雲宓追了過去，雲宓靈活地躲開他的手，就在瘦個子以為她要往前跑時，雲宓竟然轉身朝蓉蓉跑了過去。

瘦個子一晃神，雲宓已經跑到了蓉蓉身邊，她絲毫沒有猶豫地用削尖的木籤對矮個子的大腿扎了上去，疼得他大喊出聲。

「什麼聲音？」

齊淮步伐一頓，仔細聽了聽，風聲裡夾著女子斷斷續續的說話聲，他立刻循著聲音大步跑了過去。
雲宓扶著蓉蓉一步一步往後退，退到了柴房門邊，矮個子還躺在地上抱著腿「唉唷唉唷」喊著疼，瘦個子瞪著雲宓道：「妳這個女人還挺心狠手辣的。」
雲宓將蓉蓉護在身後，看著瘦個子說道：「謬讚了。」
瘦個子有些無語地說：「真當我誇妳呢？」
雲宓留意著四周，發現唯一的退路就是柴房，要是她們躲進去，然後把門頂上，說不定能等到程三虎和鄺大龍回來，這樣可能還有轉機，若是等不到……
矮個子突然從地上爬起來，瘸著腿就往前撲道：「敢扎我?!」
雲宓與蓉蓉忙閃進柴房，想將門關上擋住兩人，卻被矮個子撐住了門框。
兩人使出渾身解數才勉強頂住矮個子的力氣，這時候瘦個子也過來了，雲宓忙拿起木籤往矮個子的手上扎去，但這次矮個子早有防範，一把攥住木籤，一個用力折斷了。
瘦個子上前一腳踹開了柴房的門，雲宓和蓉蓉踉蹌著後退，雲宓心慌了起來，但還是強迫自己保持鎮定道：「我們是你們大當家請來的，要是敢對我們做什麼，你們大當家不會善罷甘休的！」
「大當家？」瘦個子輕蔑一笑。「嚇唬誰呢，明明是二當家和三當家把妳們搶回來的。」

二當家和三當家？說的就是程三虎和酈大龍吧？

雲宓頭一揚，故作囂張道：「是，是他們把我們請回來的，我們要談肥皂生意，要是怠慢我們，後果你們承擔得起嗎？」

「肥皂生意？」瘦個子懷疑道：「妳會做肥皂？」

「對，你們上次帶回來的那個人會做的肥皂就是我教給他的，我還會做更好的肥皂。」

瘦個子與矮個子互相對視一眼，矮個子不平道：「管她是來幹什麼的，她剛才捅了我，我先出出氣再說。」說著他就往雲宓的方向走了過去。

「你、你別過來……」雲宓慌忙後退，腦子迅速轉著。「你們知道泗寧縣知之茶舍賣的肥皂嗎？那都是我做的，方子也只有我知道，你們要是敢對我做什麼，我就一頭撞死，到時候你們永遠也別想得到肥皂方子了！」

「妳這個女人竟然敢威脅我們？我……」

矮個子話沒說完便被人一腳踹了出去，瘦個子一驚，轉身看過去的同時人便飛了出去趴在地上，嘔出一口鮮血後暈死了過去。

「齊二哥……」雲宓震驚地看著出現在眼前的人，懷疑自己是在作夢。齊淮怎麼會出現在這裡，還一腳將人踹暈了過去？

直到被齊淮擁入懷中，感受到他溫暖的懷抱以及顫抖的身體，雲宓才回過神來。這是齊淮，真的是他！

「齊二哥！」雲宓一把抱住了齊淮，忍了很久的眼淚簌簌落了下來。「嚇死我了，嚇死我了……」

先前雲宓精神過度緊張，如今一放鬆，整個人頓時癱軟下來，靠在齊淮懷裡全身無力。

「不怕、不怕。」齊淮摟著雲宓，輕輕撫摸她的秀髮，顫著聲安撫她。「我在呢。」

「姊姊！」大壯撲進蓉蓉懷中。「妳沒事吧？」

「沒事，姊姊沒事……」蓉蓉有些害怕地抱住了大壯。

齊朗將程三虎拽進柴房，迅速關上門，此時外面已經圍滿了山匪。

過沒多久，有人喊道：「大當家來了！讓開，大當家的來了！」

程三虎聞言眼睛一亮，得意道：「既然上了我們龍虎山，就休想跑出去。」

此刻雲宓已經平復了心情，聽到程三虎的話，不由得緊張起來，說道：「齊二哥、爹，你們怎麼在這裡？現在怎麼辦？」

「別慌，他們有沒有為難妳們？有沒有哪裡受傷？」齊淮將雲宓從懷裡拉出來上下打量著。

雲宓抓著他的衣袖搖頭道：「沒有，我聰明著呢。」

聽到雲宓一如既往的俏皮話，齊淮鬆了口氣，摸了摸她的頭說：「對不起，我來晚了。」

「不晚。」雲宓仰頭對他笑笑。「我沒想到你會出現。」

「以後不會讓妳一個人了，這次是我疏忽。」齊淮現在想起來還是很害怕，忍不住用力摟了摟雲宓。

「妳、妳、妳不是說妳相公經常打妳嗎？」程三虎看到這一幕，不禁嚷嚷起來。

「你是傻子嗎？我說什麼你就信什麼。」雲宓看著他，凶巴巴道：「都賴你！我們今天要是死在這裡，也要拉你當墊背的！」

程三虎倒吸一口涼氣道：「妳這個女人太可怕了，瞎話張口就來。」

「謝謝誇獎。」雲宓對他皺了皺鼻子。「你說不會傷害我們，不也是騙我們的嗎？」

「我什麼時候傷害妳們了？」程三虎喊道：「我……」

「那他是誰？」雲宓直接打斷他的話，指著地上暈死過去的瘦個子質問他。

程三虎一愣，好半天才憋出一句。「我他娘的哪知道這是怎麼一回事啊?!」

他山都沒下去就被人擒了，簡直丟人丟到了姥姥家，以後他還有什麼臉面面對眾兄弟？

「那……你說的肥皂生意到底是不是真的？」雲宓試探著問。

她不知道齊淮等人是怎麼上來的，但現在外面全是山匪，他們幾個人根本沒什麼戰鬥力，不可能逃得出去，只能尋求其他方法自救。

「不做了。」程三虎沒好氣道。

「……既然這樣，你也沒什麼用了。」雲宓對齊朗揮揮手。「爹，這人沒用，殺了吧。」

齊朗面無表情地舉起了刀，程三虎沒想到這人還真聽雲宓的，忙道：「做，當然做！但我說了不算，等我們大當家來，咱們再談。」

這女人太恐怖了，他要是能活著出去，一定要離她遠遠的！

「那讓你再苟活一下吧。」雲宓凶完程三虎，又看向齊淮，聲音變得溫柔起來。「你沒事吧？累不累？餓不餓？我燉了雞湯，要不要喝一點？」

還有工夫燉雞湯，齊淮忍不住笑了一聲，他這個小娘子真是走到哪兒都不吃虧。

穆銘打著哈欠，懶洋洋地從遠處走過來，不滿道：「大晚上的不讓人睡覺，都在這兒吵什麼呢？」

「大當家，有人闖山。」

「闖山？」穆銘不屑地哼了一聲。「誰啊，出來我看看，有人能闖過我布下的陷阱？說笑吧。」

「大當家，是真的，他們還擒了三當家的，現在正躲在柴房裡呢。」

「程三虎？」穆銘皺眉。「他是不是又闖禍了？酈大龍呢？」

「沒看見二當家。大當家，您一定要救救三當家……」

穆銘被夜風一吹，清醒了些，皺起眉頭道：「真有人闖山？什麼人？」

「不知道，只知道很厲害，把咱們設的陷阱都破壞掉了。對了，他說三當家搶了他家娘子。」

「搶人？他真搶了嗎？」穆銘撥開眾人來到了柴房門口。

「大當家，搶人的事等會兒再說吧，先把三當家救出來。」

聽到外面的聲音，程三虎忙喊道：「大當家，我在這兒呢，快來救我！」

齊朗一臉驚訝地看著齊淮，好半天後才說道：「二郎，我是不是聽錯了？」

只見齊淮眉一揚，嘴角忍不住勾了一下。若沒聽錯，那是穆銘的聲音，難怪那些陷阱與哨聲如此熟悉了。

「什麼聽錯了？」雲宓不解道。

雲宓話音剛落，外面突然吵嚷起來，有人喊著。「大當家，有人闖山！」

「我他娘的知道有人闖山，這不就在這兒了嗎？」穆銘吼道：「叫什麼叫?!」

「不是這裡，是有人從山下打上來了，他綁了二當家！」那人氣喘吁吁道。

程三虎！鄺大龍！這兩人是腦子被驢踢了吧？

穆銘咬牙道：「行啊，看來今天是不打算讓我睡個安穩覺了，一個個上趕著來送死，真當我龍虎山這麼好闖？你們把柴房圍好，我去去就……」

他話還沒說完，一個山匪便被人凌空踹了過來，在火把照耀下，只見一人把刀橫在鄺大龍脖子上，一步步朝這邊走來。

# 第三十章　淚眼相對

周圍的山匪顧忌鄺大龍的安全不敢上前，只敢嚷嚷著——

「快放了我們二當家，不然讓我們大當家砍死你！」

「沒錯！還不快點放開他?!」

穆銘一時無語。真是一群無用的山匪啊，連個山都守不住，讓人輕易闖了上來。

「我二嫂在哪兒？」來人開口了。

「就在前面那個柴房裡，我們又沒對她怎麼樣，何必這樣……大當家，快救我！」鄺大龍突然大喊道。

一陣凌厲的掌風劈開夜色凌空而下，齊子驍一腳踹開鄺大龍，迎面對上了來人。兩人打得不可開交，竟是旗鼓相當，一時之間分不出勝負來。

鄺大龍心有餘悸，他作為龍虎山的前任大當家，功夫並不弱，後來遇到穆銘兩三下把他給揍趴，現在又碰到不知道哪來的毛頭小子迅速將他撂倒，以後他還有什麼臉面活在這世上？

雲宓趴在門縫上往外看，她不知道這次闖山的是誰，但現在外面亂糟糟的，他們倒是可以乘機逃跑。

「齊二哥……」雲宓回頭想要跟齊淮商量，卻見他扶著牆渾身顫抖，下一刻便往地上摔去。

雲宓驚慌著跑上前抱住他，兩人一同倒在一旁的草堆上，齊淮隨即嘔出一口鮮血。見狀，雲宓驚慌失措道：「齊二哥，你怎麼了?!」

齊朗一掌打暈程三虎，然後跑過來將齊淮從雲宓身邊扶了起來，雲宓起身抱住齊淮，只見他渾身軟綿綿的，似是一分力氣也使不上。

「爹，齊二哥這是怎麼了？」雲宓急道。

「我也不知道。」齊朗慌了。「來這裡時的情況比之前都好，怎麼會突然變成這樣子？」

「現在怎麼辦？」雲宓呆住了。面對山匪她尚且鎮定，但看到齊淮倒在她面前，她頓時六神無主、手腳冰涼，完全無法思考。

「齊淮，你到底怎麼了？」雲宓手足無措，用力抱緊他。「明明剛才還好好的……」

外面的打鬥還在持續，夜色中，齊子驍目光微沈。本以為不過是山野草寇，不足為懼，沒想到竟遇到了高手，而且這人的武功路數還有些熟悉……

齊子驍一邊打一邊想看清那人的臉，對手似乎也有些猶疑，兩人出招的速度越來越慢、越來越晚……

此時齊子驍一看對手露出了大破綻，本能地不管不顧，一刀就砍了上去，對手一驚，慌忙躲閃道：「你他娘的怎麼不講武德呢?!」

齊子驍聞聲一愣，手上招式一頓，對手瞬間反撲，一腳踹在他胸口上，齊子驍往後退了兩步，遲疑地喊了一聲。「穆大哥？」

穆銘聽到這個聲音，迅速收回招式，狐疑道：「誰？」

有山匪拿了火把靠近他們，雙方的臉漸漸變得清晰起來……

穆銘渾身一顫道：「子驍？」

「穆大哥？」

「你沒死？」

「你還活著？」

穆銘大步上前搭住齊子驍的肩膀，激動不已道：「真是你？」

「穆大哥，你沒死，你沒死！」

穆銘用力揉了一把齊子驍的腦袋，紅了眼眶道：「你個臭小子，我就知道你命大！」

「啊啊啊啊啊……」齊子驍猛地跳起來抱住了穆銘。「穆大哥！真是你，你沒死，太好了……」

「快告訴我，到底是怎麼回事，你怎麼會在這裡？」穆銘急切地問道。

齊子驍抹了一把眼淚，從他身上跳下來道：「先別管我為什麼在這裡，你先說你為什麼在這裡？為什麼要綁走我二嫂？對了，我二嫂呢？你不會殺了她吧？」

「誰是你二嫂？我為什麼要殺她？」穆銘一臉懵。「你在說什麼？」

「子驍、穆銘，別說了，公子暈過去了。」柴房那邊忽然傳來兩人都熟悉的聲音。

齊子驍喊道：「爹……」

「齊叔？」穆銘震驚地往柴房的方向跑。「子驍，是你爹嗎？我沒聽錯吧？」

「大當家，綁三當家的人出來了，你快過來揍他。」

「滾！」穆銘一腳踹飛那山匪，當他看到站在柴房門口的齊朗時，好半天沒緩過來，而齊子驍已經推開他衝進了柴房。

穆銘的步伐越來越緩慢，最後僵在了原地。若他沒聽錯，方才齊叔說公子暈過去了，能讓齊叔喊一聲公子的，在這世上只有……

他與齊朗對視了好一段時間，才顫著聲問道：「裡面是誰？」

齊朗看到完好無損的穆銘，眼睛紅了起來，走上前拍拍他的肩膀道：「是將軍，快找大夫。」

穆銘腿一軟，直接跪在地上，喃喃道：「將……軍？怎麼可能？」

下一刻，穆銘起身跑進了柴房，看到一臉色慘白躺在那裡的齊淮後，一個箭步就要往前衝，被齊朗拽住了胳膊道：「有大夫嗎？先找大夫。」

「有、有！」穆銘嚥了嚥唾沫。「席軍醫在呢，我去找他。」

穆銘的視線鎖在齊淮臉上倒退著往外走，到了門口後他轉身就跑，還大喊著。「席成！席成……」

齊淮被安置在山寨的客房裡，席成一邊抹淚一邊替齊淮把脈，脈把了半天卻是一言不發，只知道掉眼淚。

旁邊的人急得不得了，穆銘催促道：「你別只知道哭，倒是說話啊，到底怎麼了？」

席成皺著眉好一會兒才道：「沒、沒事……」

「什麼叫沒事？這不還昏迷著嗎？怎麼就沒事了？」齊子驍急道。

「就……」席成摸了摸腦袋。「我也是第一次遇見這種情況，將軍沒啥毛病，就像是……」他不知道該如何解釋。

「就像是什麼？」齊朗也急了。

席成思考了半天，好不容易想到如何形容。

「將軍就像是一下子吃了幾十根千年人參似的，虛不受補，但這麼說也不準確，他吃的東西似乎比人參好很多，只是短時間內吃得太猛，身體受不住才會這般，這幾日飲食清淡些，應該就會好了。」

雲宓聞言立刻明白是怎麼回事了，齊淮一定是不經意間喝了靈泉水，而且還喝多了。

這症狀其實與之前洗藥浴時很像，只不過更洶湧一些，而且事發突然，她也是急糊塗了才沒往這方面想。

齊朗也有些恍然大悟，這跟之前御春堂老大夫說的話差不多。

他們兩個是明白了，其他人卻有些懵，穆銘皺眉道：「這是吃仙丹了？」

「管他仙丹不仙丹的，沒事就好。」齊子驍一屁股坐在地上，真是的，嚇得他出了一身的冷汗。

齊淮沒事，眾人全都鬆了口氣，接下來便面面相覷。

雲宓的視線從席成轉移到穆銘，又轉回齊子驍身上。若說她在柴房裡因為心慌而聽錯了倒也罷，不過方才她可是聽得明明白白，這些人喊齊淮「將軍」。

她之前一直猜測齊淮的身分或許不簡單，但怎麼也無法將他和征戰沙場的將軍聯繫在一起。

齊子驍察覺到雲宓的目光，摸了摸鼻子躲閃著說：「那什麼……等二哥醒了自己跟妳說吧。對了，穆大哥，我倒是想問你，你為什麼要綁架我二嫂？」

聞言，穆銘將齊子驍扯到門外，皺眉道：「誰是你二嫂？你什麼時候有二哥了？」

「公子就是我二哥，被你綁了的人就是我二嫂。」

穆銘眉頭緊蹙道：「你說將軍娶了妻，方才那個瘦瘦小小的女子就是他的娘子？」

「是。」

齊子驍將齊淮與雲宓的事情告知穆銘。

穆銘瞬間瞭然。「所以將軍娶妻非他所願，而是無奈之舉，我說呢，將軍這麼高貴的人，怎麼會娶一個鄉下丫頭呢？」

「你管公子無奈不無奈了，先說說，你為什麼要綁二嫂？」

「我沒綁。」穆銘轉身吼道：「鄺大龍和程三虎呢？」

「大當家，我們在這兒呢。」鄺大龍扶著剛剛清醒的程三虎，一瘸一拐地走了過來，一臉茫然道：「大當家，到底是怎麼回事？」

「怎麼回事？」穆銘怒道：「你們問我是怎麼回事，我還想問你們是怎麼回事呢？為什麼要綁人？」

「我們、我們也是想幫大當家……」

「幫我？為了幫我，綁個女人回來？」穆銘沒好氣地踹了鄺大龍一腳。「跪下！」

鄺大龍和程三虎同時跪倒在地，暈頭轉向了一整天，兩人到現在還沒搞明白到底發生了什麼事。

穆銘深深吸了一口氣，轉身撩袍也跪在門口。

「大當家……」山匪們都喊了起來，酈大龍和程三虎也懵了。

只見穆銘筆直地跪在那裡，一言不發。

齊朗從屋內走出來，看到穆銘跪在地上，絲毫不覺得詫異，只道：「怕是一時半刻醒不了。」

「嗯，那我就跪到他醒。」

齊子驍走過去蹲在穆銘面前，幸災樂禍道：「穆大哥，你完了，你不只落草為寇，還打家劫舍、強搶民女，公子肯定饒不了你。」

「你個臭小子。」穆銘瞥了他一眼，「嘖」了一聲。「我這是走投無路、迫不得已，將軍會理解的。」

「我當初也走投無路，但我也沒搶人山頭當山匪啊。」齊子驍得意道。

說到這裡，穆銘疑惑道：「對了，你小子身無分文，是怎麼活下來的？」

齊子驍輕咳一聲，得意洋洋地吹起牛來。「我這一路上啊，行俠仗義、劫富濟貧……」

酈大龍小聲對程三虎道：「大當家為什麼跪在這裡？」

程三虎嚥了嚥唾沫說：「大哥，咱們這次怕是綁了不該綁的人。」

齊淮醒來時只覺渾身無力，有些像是第一次泡完藥浴的感覺，但比那次更嚴重一些，連說話都沒什麼力氣。

「齊二哥，你醒了？」

雲宓驚喜地坐到炕邊，瞬間紅了眼眶。

雖然她知道齊淮應該是喝了靈泉水才變成這樣，沒什麼大礙，但也沒敢離開，就這麼坐在炕邊陪了他一整晚。

齊淮見雲宓眼眶發紅，只覺得心疼，想要抬手摸摸她的頭安慰人，卻一絲力氣也用不上。

雲宓抓起他的手握著，低聲道：「有沒有哪裡不舒服？」

齊淮極緩地搖搖頭，很輕很輕地喊了聲。「雲娘……」

雲宓的眼淚順著眼角滑落，掉在齊淮手上，感受到手背上的濕潤，齊淮忍不住閉了閉眼睛。

下一刻，雲宓彎腰抱住他道：「齊淮，你這次嚇到我了。」

這是齊淮第一次聽到雲宓叫他的名字，感受到她的身體在顫抖，他微微偏過頭，在她耳邊呢喃。「對不起。」

雲宓聽到這話，只覺得心中某處被輕輕觸動，繼而像掀起滔天巨浪一般。

此時此刻，她深切地知道，經過這些時日的相處，齊淮早已深深地烙印在了她的心裡。

雲宓抬起頭，對上齊淮的視線，接著她便俯身親在他的唇上。

齊子驍推門進來時正好看到這一幕，不禁低嚎一聲轉頭就往外跑；跪在門口一整晚的穆銘從正在闔上的門縫裡看到這個場面，倏地捂住了胸口。

完了，他那光風霽月的將軍啊，就這麼被個鄉野女子給、給……給沾染了？

雲宓慌忙起身，心虛地朝齊子驍的背影瞪了一眼。

一轉眼，對上齊淮似笑非笑的目光，雲宓耳根泛紅，有些尷尬地說道：「那個，龍虎山的大當家在外面跪了一夜了。」

說到這個，雲宓望著齊淮道：「齊二哥，你好像有一個天大的秘密瞞著我呀。」

齊淮微愣後瞭然。昨夜那個所謂的「大當家」應該是穆銘，既然見了穆銘，雲宓應當已經知道他的身分了。

「抱歉……」齊淮虛弱道。

「算了，這事等會兒再說，你還是先看看外面那位吧。」

齊淮疲憊地閉了閉眼道：「妳讓他先起來，我有些累，再睡一會兒。」說完他便昏昏沈沈睡了過去。

雲宓幫他蓋好被子打開房門走了出去，穆銘盯著她道：「我家將軍如何了？」

「他身體有些虛弱，沒辦法跟你說話，讓你先起來。」雲宓說道。

穆銘遲疑了一下，說道：「他沒怪我？」

雲宓搖了搖頭。

穆銘鬆了口氣，正打算起身，雲宓又道：「可能還沒來得及怪你吧，他沒說幾句話就昏睡過去了。」

此話一出，穆銘馬上又跪了回去。

雲宓看著穆銘這一連串操作，有些無語。她不過是捉弄一下他而已，怎麼就這麼聽話了……

「二嫂，我二哥沒事吧？」齊子驍不知從何處又冒了出來。

雲宓的視線落在他的腿上，有些驚訝地說道：「三郎，你腿好了嗎？」

她不說，齊子驍都忘記這件事了，他在原地蹦了兩下，接著驚喜道：「好了，我這一路上腿好像都沒疼過。」

出門時腿還有些拐，可走著走著，竟然像是沒瘸過似的。

雲宓走過去繞著他轉了一圈，齊子驍筆直地站在那裡對著她笑，她直接抬腳踢了踢他，齊子驍卻是嘿嘿笑著傻樂道：「不疼。」

說也奇怪，當初齊子驍也喝了很多靈泉水，卻沒像齊淮一樣渾身無力，難不成靈泉水的作用因人而異？

齊淮又睡了兩個時辰才醒過來，這次他除了身體尚有些綿軟以外，精神很好，身上是從未有過的輕鬆。

又跪了兩個時辰的穆銘此時跪在了齊淮的炕前，齊淮看著他，好一會兒後才勾起了唇角，緩緩道：「穆大哥，沒想到咱們還有再見的一天。」

聞言，穆銘紅了眼眶，低著頭不敢看齊淮。

「起來吧，別跪著了。」齊淮又道。

穆銘擦了一把眼淚，抬頭看著他說：「將軍，我、我……其實是走投無路了，我保證從來沒有做過強搶民女的事情，我……」

「你先起來。」

齊淮撩起被子想要下去扶他，穆銘忙站了起來。「您別動。」

見狀，齊淮攥住他的胳膊，看著他說：「我相信你。」

穆銘苦笑一聲，在炕邊的凳子上坐下說道：「那日傳來將軍的死訊，子長便來找我，說安王一定不會放過我，要我馬上離開，若我不走，整個周家軍怕是都要遭殃。」

齊淮輕嘆一口氣。

穆銘是他的副將，入軍便跟隨他左右，這麼多年來兩人一起出生入死，最後他還連累了穆銘。至於蕭子長，是他的軍師，一直對他忠心耿耿。

「我本想假意投靠安王以待來日，但子長說安王生性多疑，此計哪怕一時得逞，後患也會無窮，所以我只能丟下一切遠走。」

「子長沒跟你一起走？」齊子驍插嘴道。

穆銘微微垂眸道：「我們離開的路上被安王派兵追殺，子長為我擋了一箭，至今昏迷不醒，我帶著子長一路行來，途經龍虎山，見有山匪，乾脆……」

「乾脆取而代之，做了龍虎山的大當家。」齊淮接話。

穆銘撓了撓頭，乾笑一聲，不敢說話。

齊淮與穆銘對談時一直沒有避諱雲宓，她安靜地坐在一旁聽著，大致上了解了情況。

原來齊淮之前是個將軍，後來遭到那個什麼安王陷害，「戰死」沙場，被齊朗帶回南雲村，就此隱姓埋名……真是太玄幻了！

齊淮拍了拍穆銘的肩膀，嘆息道：「是我連累了你們，子長如今在何處？」

「躺著呢，一直都沒醒，席成說怕是……凶多吉少了。」

「我去瞅瞅。」齊子驍立刻站了起來。「說不定二嫂有辦法呢。」

穆銘不信雲宓能救蕭子長，但齊子驍說要去探望他，他自然要帶路。

只見齊子驍理所當然道：「二嫂，走。」

雲宓與穆銘同時看向齊淮，齊淮此時尚不能動，即便著急也沒辦法，只能對雲宓點了點頭道：「去吧。」

穆銘帶著齊子驍、齊朗還有雲宓一起去了蕭子長的臥房，看到蕭子長的那一刻，雲宓皺起了眉。

當初齊淮雖也病弱，但人尚且清醒，這蕭子長躺在炕上毫無反應，按照現代的說法，應該算是植物人了，整個人瘦得剩下皮包骨。

齊子驍愣在原地很久，才哽咽地喊了聲。「蕭大哥……」

一旁的齊朗不忍地別開了眼，說道：「怎就成這般模樣了？」

齊子驍抹了一把眼淚，求助地看向雲宓道：「二嫂，妳快過來看看能不能治。」

穆銘上下打量起了雲宓，自從見到齊子驍，就聽到他一直把「二嫂」掛在嘴上，彷彿這二嫂是天上的神仙，什麼都會。

這名女子的長相算是清秀，比一般鄉野女子來得白淨，卻稱不上大美人或是傾國傾城，看起來也沒什麼特別之處，怕不是用了什麼手段籠絡齊子驍吧，畢竟他只是個十六歲的孩子。

席成聽到齊子驍的話，詫異地看向雲宓道：「姑娘也是大夫？」

「不不不……」雲宓忙擺手。「我……不會治病，我、我、我先去看看齊二哥……」

說完，雲宓就跑走了，先不說靈泉水能不能治蕭子長，即便能治，她也不能說啊！

# 第三十一章　坦承不諱

雲宓跑回齊淮的房間，端起水咕咚咕咚喝了一大杯。

「怎麼了，發生什麼事情了？」齊淮焦急道：「子長的情況不好？」說著他便掙扎著要下炕。

雲宓忙放下杯子，走過來扶住他說：「昏迷著，瘦得只剩骨頭了，你先別急，等你好一些再去看他。」

看到齊淮的手指輕顫了一下，雲宓便讓他躺好，然後坐到他身邊，歪頭看著他道：「他是軍師？」

齊淮點點頭說：「是，他是我的軍師。」

他握住雲宓的手，遲疑片刻後，終於開口道：「我本名叫周淮遠，祖父原是先皇身邊的威遠大將軍。」

雲宓頓時覺得有些不是滋味，還真是將軍啊！

齊淮看她一眼，繼續道：「祖父當年立下汗馬功勞，在戰場上幾次救過先皇的性命，是以先皇對周家頗為器重。」

「功高震主，所以惹來麻煩？」雲宓問。

「算是吧。」齊淮咳了兩聲後，又道：「安王是先皇的親兄弟，但先皇繼位時安王年紀尚小，沒有能力爭取皇位，他長成後有了心思，但只要周家在的一天，他就坐不上皇位。先皇駕崩，新皇即位，當今太后乃是安王妃的親姊姊，皇上對安王很是親近，在安王的挑唆下，皇上對周家越發忌憚。

「周家到了我父親這一輩，只剩他們兄弟倆，我叔父身體羸弱不能習武，而我父親戰死沙場，母親受不了打擊大病一場，追隨我父親而去。」

雲宓握著齊淮的手一緊，齊淮反手拍了拍她。

「我十二歲那年，邊陲動亂，朝廷無人可用，便要我祖父掛帥出征，我祖父年輕時落下了病根，那麼大年紀如何上戰場？於是我便主動請纓……」

「十二歲?!」雲宓驚呼道。

齊淮點頭道：「這也是逼不得已，祖父若抗命，周家上下便沒有活路，皇上允了我的請求，讓我出征。」

雲宓心中一緊道：「那你……」

「我不是好好的在這嗎？」齊淮笑了笑。「別緊張。」

接著，他苦笑一聲繼續道：「只不過，這一戰是勝也不好、敗也不好。」

「為什麼？」雲宓皺起了眉。「你們家都這樣了，皇上還有所忌憚嗎？」

齊淮點了一下她的鼻尖說：「妳以為皇上忌憚的是我祖父或我嗎？」

「不是嗎？」雲宓不懂。

齊淮搖搖頭道：「若是只忌憚一人，殺了便是，可他忌憚的是軍心，是我們周家在軍中的威望。那年穆銘二十歲，子長十八歲，他們的父親都是我父親麾下的大將，我只有十二歲，從未上過戰場，他們父子卻全肯聽我指揮，這就是軍心，是皇帝和安王最忌憚的。」

「那……贏了嗎？」雲宓問。

「自然是贏了，但自此以後我也沒了退路。」

雲宓輕嘆一口氣道：「是啊，你身後是整個周家還有眾將士的性命，怎麼能退。」

「過了幾年，我祖父過世，皇上和安王沒了最後的顧忌。」

「他們要置你於死地？」雲宓忍不住站了起來，瞪大眼睛看著他。

齊淮點了點頭，將她拉回身邊道：「皇上和安王急著尋我的錯處，我若被他們扣上謀反的罪名，那麼周家跟我手下那些弟兄們就完了，所以我不能活，必須死，只要我死在沙場，周家的名聲就能保住，親人便能存活。

「於是我預謀詐死，這事只有爹和子長知曉，我就此拋棄周家人的身分，跟著爹來到南雲村，然後遇見了妳。」

「那爹和三郎……」

「爹當年娶了我母親身邊的一個丫鬟，三郎上頭有個哥哥，與我同年同月出生，三郎的娘就成了我的乳母，只是那個孩子後來得病沒了，生下三郎後沒幾年，乳母也因病過世了。

「我家就我一個，我叔父家的那些弟弟妹妹與我不怎麼親近，三郎打小跟在我身邊長大，後來他又和爹隨我上戰場，我們彼此的關係相當深厚。」

聽完齊淮說的這些話，雲宓只覺心中鬱結，半晌才罵了句。「狗皇帝。」

齊淮忍俊不禁，摸了摸她的頭道：「雲娘，之前瞞著妳是無奈之舉，現在我對妳已無任何隱瞞，以後也不會有所欺瞞。」

雲宓想了想，問道：「那你之前成過親嗎？有孩子嗎？」古代男子十三、四歲便會成親，十五、六歲當爹的比比皆是。

齊淮挑眉，抬手在她額頭上敲了一記，失笑道：「我活著已是艱難，又怎會娶妻。」

「是因為怕連累人家姑娘所以不娶嗎？」雲宓拐彎抹角地問。

經過這些時日的相處，齊淮已非常了解雲宓的性子，他低笑一聲道：「不是，是沒遇到讓我心儀的女子。」

「喔……」雲宓抿了抿嘴，眼中漾出一抹笑意來。「那我替你倒杯水。」

雲宓邊倒水邊想著齊淮方才說的事情，越想越覺得不對勁，突然放下茶壺轉身看著齊淮道：「既然是早有預謀，那麼你為什麼會受這麼重的傷？你處事一向周全，若早做好了準備，自然會替穆副將想好萬全之策，他又何須叛逃？」

這一連串的問題讓齊淮愣住了，他沒想到雲宓如此敏銳。

雲宓一步步走過來，眉頭緊蹙道：「齊淮，當時你是真的想死是不是？不是假的，也不是預謀，我說得對嗎？」

齊淮心頭一驚道：「我……」

「你說的，不再對我有所欺瞞。」雲宓緊緊盯著他。「回答我。」

齊淮靜默一瞬，最終嘆道：「安王為人小心謹慎，只有我真的死了，他才會放心，所有人才能平平安安，假死只是安撫爹和子長的說辭，現在想來，應是子長猜到了我的想法，所以爹才硬將我從死人堆裡揹了出來，當時他甚至沒管三郎。」

「被逼到這般境地，為什麼不造反？」雲宓閱讀歷史時，總替那些沒有好下場的忠臣抱不平，今日見齊淮如此，心中氣憤更甚。

「造反？當然可以，只是妳知道這要賠上多少人的性命嗎？」齊淮苦笑道：「我外祖父曾任宰輔，我這邊一有動靜，整個家族便會被我所累，還有那些無辜的百姓……若是為了抵抗外族，我賠上一命也絕無悔意；若是為我自己……心有不安啊。」

雲宓聞言，眼眶濕潤。

齊淮閉了閉眼，又道：「但到底還是連累了穆銘，我若真死了，穆銘只需靜待時機辭官返家，安王不會對他動手，但爹找來假扮我的死屍一定瞞不過安王，為了防止我與穆銘裡應外合，安王肯定不會讓穆銘活。他們都為了我拚命，也受我所累，如今他們都尚在人世，我也算是安心了。」

雲宓看著齊淮，想到那個躺在炕上、命不久矣的他，見到那樣的他，誰能想到他以前是個英勇殺敵、威風凜凜的將軍呢？

她走過去傾身抱住他說：「齊淮，以後你要好好的。」

齊淮也回擁她道：「我是妳治好的，這條命也是妳的。」

兩人靜靜擁抱了一會兒，齊淮才鬆開雲宓道：「雲娘，我十二歲便去了邊陲，穆銘與子長一直跟著我，他們對我而言很重要，子長他……」

齊淮不知道該怎麼說下去，有些遲疑。

雲宓抬起頭，兩人四目相對時，她便知道齊淮一定猜到什麼了。

「你……」雲宓摸了摸脖子，內心非常糾結。若是替蕭子長治病，勢必要說出靈泉水的存在，可是要怎麼說？全盤托出嗎？

雲宓來自社會網絡極為發達的時代，見多了忘恩負義、見利忘義的事情，深知人心不可靠，但齊淮如此聰明，應該已經猜得八九不離十了，她不想賭也得賭。

「其實我運氣特別不好。」雲宓輕輕開口。

「什麼？」齊淮不解。

「我小時候放學回家，一條路上能踩到三回狗屎，我覺得我運氣不好，可我媽卻說我以後一定會走狗屎運的。後來我爸出車禍，我媽生重病，兩人相繼離世，我一直沒明白我的狗屎運到底什麼時候能來。再後來，我好不容易能過上穩定一些的生活，誰知又來到了一個完全陌生的地方……」

看著齊淮，雲宓繼續說道：「我落水，你救我；我無路可走，你娶我；我孤苦無依，你便給了我一個家。我有時候想，這難不成就是我的狗屎運嗎……」

雲宓絮絮叨叨的話語中，有很多詞是齊淮沒聽說過的，但還算能理解，只是雲宓描述的自己，與南雲村雲老大家的雲宓似乎有所不同。

只見雲宓輕輕嘆了口氣，又說：「我長這麼大連張彩券都不買，也從來不賭，沒想到一賭就賭人心，我可太厲害了。」

「雲娘，我……聽不太明白妳的話……」齊淮自認聰明，但雲宓口中那些他從未觸及過的事物讓他越聽心越慌，甚至有些後悔開口要求她了。

齊淮一把攥住了雲宓的手道：「雲娘……」

雲宓牙一咬，開口道：「齊淮，我不是這個世界的人。」

「什麼？」齊淮心中一緊，那種慌亂感由內而外綑綁住他整個人，連嗓子都乾澀起來。

雲宓晃了晃自己的手說：「你弄疼我了。」

「……抱歉。」齊淮趕緊鬆開雲宓的手，但下一刻又再次握住，只是力道小了一些。

雲宓沒抬頭看他，只是儘量用簡單的話將自己穿越而來還有靈泉水的事都說給齊淮聽。

齊淮聽了以後好半晌沒說話，雲宓悄悄看他一眼，輕聲問：「齊淮，你怕嗎？」

怕嗎？一個從未來世界來的人，可能只是一縷魂魄，亦可稱之為借屍還魂。

齊淮苦笑一聲，點頭道：「怕，自然怕。」

雲宓倏地站了起來，心情跌到了谷底。「你若怕，我便走，絕不……」

「怕妳會消失不見。」齊淮抬頭，眼中帶著毫不掩飾的慌亂。

雲宓詫異地看著齊淮，話堵在嗓子眼，說不出口。

齊淮嘆了口氣說：「當初從水裡把妳救上來，我就有些恍惚，總覺得不太真實，沒想到一切真的像是夢一場。我知道妳說的都是真的，妳太與眾不同了，雖已經極力掩飾，但我與妳日日待在一塊兒，還有誰能比我更清楚呢？」

他牽住雲宓的手將她扯到身邊，抬手輕輕撫著她的臉道：「雲娘，無論妳是從另一個世界來的，還是不存在於這個世界的魂魄，我都不怕，我只怕妳會消失不見，剛才聽妳說這些，我的心很慌，我……」

「別說了。」雲宓捂住齊淮的嘴，依偎進他懷裡。「齊二哥，我不知道我為什麼會來到這裡，但我覺得我應該不會再回去了，在這裡我有歸屬感……你知道歸屬感是什麼嗎？」

她對他淺淺一笑，解釋道：「就是待在你身邊覺得安心的意思。」

齊淮看著雲宓，心中的震撼、害怕與恐慌，以及對她那鋪天蓋地的情感在此時此刻達到了頂點，他微微俯身親在雲宓的唇上。

雲宓試用麻沸散時親過齊淮，而幾個時辰前她又親了他，兩次都是雲宓主動，且淺嚐輒止，這次是齊淮主動，他起先有些焦躁，雲宓下意識地往後退，又被齊淮摟回來，他的吻也變得越發溫和。

一吻罷，兩人靜靜靠在一起，雲宓輕聲道：「你來之前是不是喝過我放在桌上那個白瓷瓶裡的水？」

「嗯。」

「你膽子太大了。」雲宓輕輕打了他一下。「也不怕喝出病來。」

「我推測我的身體跟這個東西有關，只想要快點好起來才能救妳，哪還管得了這麼多。」

「傻子。」雲宓自齊淮懷裡仰頭看他。「齊二哥，一直以來我都沒搞明白這靈泉水的作用是什麼，滴一滴在醃蘿蔔裡，醃的蘿蔔會保持爽脆；滴在肥皂液裡，製作肥皂的時間則會大幅減少。為三郎治腿那一次，我讓他喝了不少靈泉水，但他並未像你一樣渾身無力，像蕭軍師那種情況……我真的不知道該怎麼治，是直接喝下去還是洗藥浴，只能摸索著來。」

齊淮拍了拍她的背說：「無妨，既然他現在是這般模樣，妳就盡力吧，不過我覺得應該能成，我不是也好了嗎？妳當初怎麼幫我治的，就怎麼幫他治。」

他在戰場上受了傷是真，不過身體持續消瘦及咳嗽吐血卻難以根治，如今算是朝痊癒的路邁進，可見靈泉水的功用有多強大。

雲宓點頭，她對靈泉水很有信心，但現在最關鍵的問題不在於靈泉水。

「齊二哥，山上有軍醫，就是那位席大夫，若是給蕭軍師喝靈泉水，他一定會有所察覺的。」

齊淮想了想，說道：「這事交給我，席成是個好大夫，妳放心吧。」

兩人商量好了以後，齊淮又歇息片刻，便讓穆銘帶他去看蕭子長，而雲宓則往寨裡的廚房去。

鄺大龍和程三虎還跪在門外，看起來了無生趣，他們看到雲宓時忙跪直身體，大氣都不敢喘。

雲宓走過去問道：「寨裡的廚房在哪兒啊？你們能帶我去嗎？」

「啊？」鄺大龍和程三虎同時愣住了，異口同聲道：「啥？」

「帶我去寨裡的廚房。」雲宓又說了一遍。

鄺大龍與程三虎對視一眼，忙站了起來，因為跪的時間太長，還踉蹌了一下。

「我們帶妳去，走走走……」

鄺大龍和程三虎帶著雲宓往山寨的廚房走去，路上鄺大龍忍不住道：「齊夫人，大當家罵過我們了，我們知道錯了，昨夜的事我和我老弟真的不知情，那兩人已經被大當家趕走了，妳、妳……」

雖然不知道大當家與雲掌櫃的相公到底是什麼關係，但大當家都在屋外跪了一夜，那麼不管她相公是什麼身分，都不是他們能得罪的。

「我不生氣了。」雲宓語氣輕快道。

聞言，鄺大龍和程三虎不只沒有鬆口氣，反而覺得膽戰心驚。這姑娘昨天晚上可是把他們騙得團團轉，頂著一張可憐無辜的臉說起瞎話來，磕巴都不打一個。

他們跪了這一夜可是想得明明白白，什麼她相公對她不好、又打又罵，那都是假的，她讓他們去找她相公，明明就是讓他們幫她傳信，這世上怎麼會有如此狡猾的女子？

鄺大龍和程三虎忐忑地跟在雲宓身後，路上遇到了很多山寨裡的人，那些人看到二當家和三當家跟在一個小姑娘後面唯唯諾諾的，眼中都帶著探索，畢竟三個當家在人家房門前跪了一夜的事已經在山寨裡傳開了，他們好奇這個小姑娘是什麼身分，竟然能夠降服三個當家。

一路走來，雲宓覺得有些詫異，這山寨裡竟然有很多老弱婦孺，雖然模樣瘦弱，但精神尚可，應該不是被強搶來的。

「他們都是我們的家人。」鄺大龍看出了雲宓的疑惑，主動解釋起來。「我們是受情勢所逼才當山匪，真的沒傷害過平民百姓，也沒搶過女人，要不然至於過得如此窮困嗎……」

「所以，我是你們搶的第一個女人？」雲宓反問。

鄺大龍一愣，好一會兒才無奈道：「妳這姑娘說話也太不留情面了，我們只是想跟妳做肥皂買賣，昨天晚上發生的事真的是意外。」

雲宓轉身看著他道：「你們綁了我還有理了？」

說起這事，雲宓還是有氣，要不是齊淮來得及時，她和蓉蓉昨夜還不曉得會如何呢！

「我們錯了。」程三虎和鄺大龍自知理虧，兩個人耷拉著腦袋一起道歉。

「算了，我不生氣了。」

鄺大龍跟程三虎一聲不吭。女人的嘴，騙人的鬼。

山寨的廚房挺大的，正值午膳時間，裡面有好幾個女人正在做飯，她們看到雲宓後都拘謹地站直了身體，有些驚慌。

「都聽齊夫人的，她讓妳們做什麼就做什麼，聽明白了嗎？」程三虎喝道。

「知道了，三當家。」幾個女人應聲。

雲宓在廚房裡轉了一圈，她想先替齊淮做些清爽的東西吃。

鄭大龍和程三虎昨天吃了雲宓燉的雞跟豬肉餡餅，對那個味道念念不忘，此時見雲宓要做飯，不由得有些期盼。

程三虎嚥了嚥唾沫，問道：「齊夫人，妳想做什麼啊？」

「做拉麵吧。」拉麵給三郎他們吃，而齊淮要喝些粥之類的，但粥也同樣能做得美味一些。

雲宓拿了麵粉和麵，鄭大龍看到那一小盆麵，忙對廚房裡一個上了年紀的女人道：「潘婆子，快，找個大盆，跟著齊夫人一起做。」

聞言，雲宓挑了一下眉，看向鄭大龍道：「怎麼，想偷師？」

「不不不不不……」鄭大龍連聲擺手道：「不是這個意思，我就是餓了，但妳這盆顯然沒準備我們的份，所以……」

雲宓輕笑一聲，對鄭大龍道：「我看那邊山頭上有蓬草，你去燒些灰過來。」

「什麼草？」

雲宓走到廚房門口指著對面山坡說：「就是那些草，用它燒成灰。」

# 第三十二章　棄盜從良

以前雲宓看過一部影片，要用蓬草燒成的鹼和麵才是正宗的拉麵，方才路上她遠遠瞧著那片草，覺得很像，不料靈泉水上還真的顯示那是蓬草，所以她才決定做拉麵。

既然這個山寨屬於穆銘，那麼她不介意教他們一些東西。

鄺大龍和程三虎很快就去燒了蓬草灰回來，雲宓教潘婆子幾人和麵，麵和好後放在一旁醒著，她翻找著廚房內可用的食材打算熬湯底，卻突然驚呼出聲。「這是？」

那紅通通的尖頭小可愛不是辣椒是什麼？

鄺大龍看清楚雲宓拿著的東西後，忙道：「快放下這東西，這玩意兒有毒，眼睛要是碰到會疼的！」

「你們不知道這是什麼？」雲宓問道。

「不知道。」程三虎搖頭。「這玩意兒是大當家帶來的，他也不知道能做什麼用，只說是那位昏迷不醒的蕭公子在路上發現的。」

雲宓激動不已，直接拿起已經乾掉的辣椒放到嘴裡咬了一口。

「欸！」鄺大龍和程三虎被嚇得跳了起來，一同喊道：「妳做什麼?!」

下一刻，雲宓也跳了起來，不過是被辣的。這真的是……辣椒啊！

作為一個無辣不歡的人，雲宓來到這個世界以後已經很久沒嚐過辣椒的滋味了，現在可好，有了辣椒，她能做的東西就更多了。

雲宓舀了一瓢水喝了好幾口，好一會兒才緩和了嘴裡的辣味。

「妳沒事吧？」鄺大龍小心翼翼地問她。

綁了她的下場就是跪了一夜還被大當家踹了幾腳，她要是因為他們的疏忽而沒了命，他們也活不成了。

「我不只沒事，還開心得不得了！」

這些乾辣椒用一個巴掌大的布包包著，就放在廚房角落的一個竹簍裡。

「這一竹簍都是大當家帶來的嗎？」雲宓問。

「是，沒人敢動，也不敢扔，都是那位蕭公子取得的，因為不知道作用，便放在這裡。」程三虎道。

雲宓聞言更加激動，開始翻找這個竹簍——有馬鈴薯，她竟然看到了馬鈴薯！雲宓不禁嚥了嚥唾沫。

這些馬鈴薯有半筐之多，有些還發芽了，不只如此，馬鈴薯當中還夾雜一些用布包包著的種子。雖然不知道是什麼種子，但有辣椒和馬鈴薯，雲宓就充滿了期待。

「這些東西……能吃嗎？」程三虎不知什麼時候湊了過來。

「當然了。」雲宓心想豈只是能吃，簡直是天賜寶藏啊！

雲宓讓鄺大龍和程三虎搬起竹簍，然後帶他們去找齊淮。

齊淮和穆銘剛剛走出蕭子長的房間，就看到雲宓興沖沖地跑了過來。

「怎麼了？」齊淮忙問道。

「齊二哥，我發現了特別好、特別有趣、特別有用的東西！」雲宓一連串的「特別」讓齊淮有些驚訝，他從來沒在她臉上見過如此興奮異常的表情。

穆銘的視線落在鄺大龍和程三虎抬著的竹簍上，瞬間瞭然道：「妳怎麼跟子長一樣，那些玩意兒不好吃，我吃過。」

「那是你不會吃。」雲宓道。

穆銘猝不及防地被懟了一下，頓時有些無語。

「是，我二嫂是最會吃的。」齊子驍從屋內閃了出來，聽到吃的眼睛都發光了。「二嫂，什麼東西好吃？現在做嗎？」

「我們進去說話行嗎？」雲宓扯著齊淮往屋內走。

幾人進了房間，齊子驍邊在竹簍裡翻找邊問：「這都是什麼啊？」

雲宓將裡面的東西一樣一樣拿出來，說道：「這是辣椒，人間最美味的調味料……」

穆銘一言難盡地看著雲宓，心想這姑娘怕不是個傻子吧？

雲宓話音剛落，齊子驍直接拿起辣椒就放到了嘴裡，一咬之後，直接跳起來道：「啊！辣死我了！這玩意兒比胡椒還辣……」

雲宓偷偷在心裡說道：傻子。

齊子驍跑到一旁大口喝水，雲宓繼續拿起馬鈴薯道：「這個叫馬鈴薯，簡單兩個字，好吃。」

穆銘聞言撇嘴道：「將軍，別聽她瞎說，那不好吃，子長烤過一次……當然了，也不能說很不好吃，就一般吧，沒什麼味道，黏糊糊的，反正我不愛吃。」

「穆大哥。」齊淮突然看向他。

「……嗯？怎麼了，將軍？」穆銘心頭一跳，覺得齊淮的語氣平淡中夾雜著威厲。

齊淮對雲宓招招手，雲宓狐疑地走過去問道：「怎麼了？」

只見齊淮牽住雲宓的手，對穆銘說道：「這是我娘子。」

穆銘下一刻立刻單膝跪倒在地道：「是我冒犯了，請夫人見諒。」

雲宓有些慌亂地看向齊淮，齊淮拍拍她的手，然後俯身扶起穆銘。「穆大哥，我已經不是什麼將軍了，你以後也莫要再跪我。」

穆銘抬頭看著他說：「在我心裡，將軍永遠是將軍。」

雲宓聽懂了，將軍永遠是將軍，不過將軍娘子尚未得到他的肯定。

「好，但我們以後平輩相稱，我叫你穆大哥，你叫我二郎。」見穆銘還要說什麼，齊淮揮揮手道：「就這麼說定了。」

「二嫂，這不好吃啊……」消散了辣勁的齊子驍又湊了過來。

「那是我還沒做。」雲宓看向穆銘。「穆……大哥，我是想問一下，這些東西我能用嗎？聽說這都是蕭軍師找到的……」

「妳要把它們都給吃了？」穆銘皺了下眉。

「不不不。」雲宓擺手。「我是想種植這些東西。」

「妳會種？」穆銘眼前一亮。「我們之前嚐了這個叫……馬鈴薯的東西，雖然不好吃，但算得上是糧食，不過子長不知道怎麼種植，畢竟它沒種子，所以便一直留著，我都怕再留下去就壞了。」

「馬鈴薯沒有種子，它自己本身就是種子。」雲宓拿起發芽的馬鈴薯道：「將長了芽的地方切成塊種在土裡就行了。」

「真的嗎？」穆銘狐疑地看著她。「妳怎麼會知道這些？難道妳是外族人？有些東西是子長從外族那裡偷偷弄出來的。」

雲宓思索著該如何解釋。「我……」

「她以前幫過一個見多識廣的老爺爺，那老爺爺留給她一本書，書上畫了許多稀奇古怪的東西，怕是那上面有記載吧。」齊淮插嘴道。

齊淮適時救場，讓雲宓鬆了口氣。

「喔。」穆銘相當相信齊淮，聽他這麼說，心中的疑惑一掃而空，然後大手一揮道：「妳儘管試吧，子長當初也沒有頭緒，妳若知道如何處理自然好。」

「那走吧，二嫂。」齊子驍比任何人都著急，直接抱起竹簍就往外走。

雲宓也有些心急，撩起裙襬就跟了上去。

穆銘被勾起了好奇心，緊跟在後頭，齊淮當然也不例外，於是一群人浩浩蕩蕩去了廚房。

雲宓將辣椒掰開，保存好其中的辣椒籽，然後找了兩顆沒發芽的馬鈴薯削皮後切成絲。起鍋燒油，辣椒、蔥花、薑與蒜往油裡一扔，香味四溢，接著廚房裡響起了此起彼伏的噴嚏聲，齊淮更是被辣椒的味道嗆得走出廚房，雲宓忍不住笑了一聲。

齊子驍「迎難而上」，捂著鼻子跟嘴巴甕聲甕氣道：「二嫂，妳說這辣椒用來做辣皮是不是特別好吃？」

「行啊你！」雲宓「嘖」了一聲。「一碰到吃的，腦袋瓜子都變聰明了。」

齊子驍嘿嘿笑了兩聲，然後將檯面上剝了種子的辣椒往自己口袋裡塞，說道：「二嫂，這留著給我做辣皮。」

「你幹麼？」穆銘一把攥住他的手腕。

「那你又幹麼？」齊子驍瞪著他。

「子驍啊，好東西要跟好朋友分享，你不會是打算一個人獨吞吧？」

「我……」齊子驍撇嘴，鬆了手。「你不是不稀罕嗎？這還沒吃著呢，就先護食起來了。」

穆銘將辣椒收起來遞給雲宓道：「收好，別讓這臭小子給偷吃了。」

「好。」雲宓將布包收起來，然後對齊子驍道：「留著給你做辣皮。」

「謝謝二嫂。」齊子驍得意地對穆銘挑了一下眉。

穆銘這下懂了什麼叫「不是一家人，不進一家門」。

酸辣馬鈴薯絲與拉麵徹底征服了在場所有人，雲宓單獨為齊淮炒了一盤不辣的馬鈴薯絲，但齊淮嚐了辣的之後，筷子怎麼也不肯往不辣的裡面伸，本來雲宓只盛了一小碗拉麵讓他嚐嚐，誰知道他最後吃了一大碗。

穆銘第一次吃雲宓做的飯，頭也沒抬地一口氣吃了兩大碗拉麵，第三碗時才放慢了速度，他終於知道子驍這個臭小子為什麼整天二嫂長、二嫂短了……

齊子驍只在山寨裡待了一天，翌日便返回泗寧縣，將齊淮和雲宓安全的消息告知盛子坤，省得他擔心；齊朗也去南雲村告知里正等人，只說是鬧了場烏龍，雲宓和齊淮其實是去縣裡，並不是被山匪綁走。當然，幾個當時在場的孩子們先打點過了，省得橫生枝節。

雲宓和齊淮商量過後，決定將蕭子長帶回南雲村，一則是不知道靈泉水對蕭子長管不管用，二則是即便有用也不知道蕭子長什麼時候會醒，他們不能一直待在山上，而且雲宓想把種子帶回去種，方便隨時照看。

一聽齊淮要帶蕭子長走，穆銘立刻打算去收拾包袱。「我也一起去。」

「你去幹麼？」齊淮問。

「我……」穆銘不可思議地看著齊淮。「怎麼，你不要我了？」

雲宓頓時無語。這話怎麼聽著這麼彆扭呢？

齊淮笑了笑，看向雲宓，問道：「妳說讓這山寨裡的人都幫妳做肥皂，好不好？」

聞言，雲宓眼前一亮。對喔，這些山匪對穆銘可是聽話得很，這不就是個現成的加工廠嗎？

穆銘已經從鄺大龍和程三虎口中知肥皂是出自雲宓之手，不禁有些激動地說：「當然可以，我們人多！」

「是不是打我們家肥皂主意很久了？」齊淮打趣穆銘。

穆銘嘿嘿笑了兩聲說：「山寨裡這麼多人都得吃飯，我能怎麼辦？我還打算跟賀黎……對了，將……二郎，你知道賀黎吧，就是本縣的縣令，以前是你外祖父的學生，他私下販賣肥皂被我逮了個正著，我本來打算讓他幫我賣的，但後來我改變主意了。」

「為什麼？」雲忞不解地問。山匪威逼犯法的官員一起「狼狽為奸」，多麼合理的劇情啊！

齊淮挑眉道：「應該是害怕被賀黎耍弄吧。」

穆銘摸了一下後腦勺，嘿嘿笑著說：「你看你，給我留點面子嘛。」

雲忞沒明白是怎麼回事，齊淮靠近她小聲解釋一番，雲忞頓時對穆銘大為改觀，真是人貴有自知之明啊。

「我教你做肥皂吧。」雲忞對穆銘道。

「教我做？」穆銘有些詫異。「哪種肥皂？豬胰皂？」

「當然不是。」雲忞搖頭。「豬胰皂你們不是都會做了嘛，當然是教你做知之茶舍賣的那種肥皂。」

「真的？」穆銘驚喜道：「妳真的要教我？」

「當然了。」雲忞道：「不教你，你們怎麼做？」

穆銘看向齊淮，齊淮點頭道：「村裡已經有人在做了，雲娘給他們的價格是做一塊肥皂給一文錢，至於你……」

「我不要錢。」穆銘眉頭倏地蹙緊。「這山頭既是我的，就是你的，你不是打算跟我分這麼清楚吧？」

齊淮沒說話。

穆銘急了，說道：「既然這樣，這大當家我不當了，我跟你走。齊子驍都能認你當二哥，我哪兒比他差了？你現在還要帶子長走，就把我扔在這裡。我不幹，你這是偏心！」

齊淮無奈地說：「穆大哥，我不是這個意思。」

「那你什麼意思？」穆銘往地上一蹲，開始生悶氣。

雲宓不知道該說什麼，這真的是個征戰沙場、不懼生死的軍人嗎？

「穆大哥。」雲宓開口了。「問題不是給不給你錢，是你要付錢給山寨裡的人。」

「什麼意思？」穆銘抬眼看向雲宓。

「是這樣的，我們在縣裡開了家雲記鋪子，這你應該知道，三郎在那裡呢。」

「嗯，我知道。」穆銘點頭。

「你把做好的肥皂送到那裡由三郎賣，三郎給你銀子，你再按照一塊肥皂一文錢的價格給山寨裡的人按月發工錢，如何？」

穆銘站起身問道：「一塊肥皂一文錢？每人一天能做多少？」
「保守估計一天差不多能有兩、三百文錢的收入。」雲宓說道。
「兩、三百文錢？」穆銘驚訝不已，這可是一個成年男丁兩、三天的收入啊。
「我先教你怎麼做，之後的事情你來安排。」雲宓道。說得再多都不如讓他自己實踐一次。
穆銘叫來鄺大龍和程三虎一起學做肥皂，山寨裡沒有大型攪拌器，但這三人力氣都大，輪流攪拌，第一批肥皂很快就做好了。
看到眼前的成果，三人目瞪口呆，鄺大龍更是不解道：「妳這就全教給我們了？」
雲宓神秘一笑，拿出一個小瓷瓶晃了晃道：「這才是精華呢。你們自己按照剛剛的流程做一次，看看能不能做出肥皂，肯定不能！」
「這是什麼？」程三虎問。
「是什麼？這是我配製的精華，每次滴一滴才能讓肥皂成型，就像是……做豆腐的滷水，沒有滷水，豆腐無論如何也做不成。」雲宓說著將小瓷瓶交給穆銘。「收好了，每次只需要滴一滴，這東西很難配的。」
穆銘接過小瓷瓶仔細收好，保證道：「放心吧，我會好好收著的。」
知道了肥皂方子，穆銘這邊便立刻動員山寨裡的人，聽到穆銘說做一塊肥皂給一文錢後，山寨眾人都激動得不得了，恨不得日夜不眠。

雲宓和齊淮帶著蕭子長坐馬車離開了山寨，穆銘本來想跟他們一起先去趟南雲村的，但因為山寨裡才剛開始做肥皂，他走不開，便沒去。

回到南雲村，新房子差不多已經蓋好了，但是還沒有放置家具，所以一家人還是得暫住老房子，不過齊子驍不在家，蕭子長可以和齊朗住一間房。

返家第一件大事就是替蕭子長治病，起初齊淮洗藥浴時，雲宓不知分寸朝浴桶裡倒了不少靈泉水，導致齊淮好幾天躺在炕上起不來，萬一蕭子長喝多了身體承受不住，直接「那個」的話……

「妳剛開始給我喝的蜂蜜水裡放了多少？」齊淮問。

「一、兩滴吧。」雲宓說道：「先少給一些試試。」

雲宓用兩滴靈泉水沖了一杯蜂蜜水，讓齊淮餵給蕭子長喝，喝過第一次後蕭子長沒有反應；第二天雲宓增加用量，蕭子長還是沒任何反應；第三天時雲宓乾脆直接將三分之一瓷瓶的靈泉水都灌了下去，這次蕭子長還真有反應了，將早晨吃的米粥全吐了出來，不只如此，還嘔出很多黑水。

對於喝下靈泉水會有些奇怪的反應這件事，雲宓早已做好心理準備，她很是欣喜地說：

「看來管用。」

接下來每天給蕭子長餵了靈泉水後，他都會吐出些黑黑的東西來，又過了幾天，蕭子長不吐了，臉色明顯紅潤起來，雖然還是沒醒，但已經有了生機。

除了照顧蕭子長，雲宓這幾天還忙著種從龍虎山那裡帶回來的種子。

新房子的後院有一大塊空地，齊朗在院裡一角闢了一塊菜地，雲宓將發芽的馬鈴薯切割成塊種下去，並用摻了靈泉水的水澆地。

辣椒種子比較麻煩一些，要先浸泡後再催芽，泡了靈泉水的種子出芽率很高，幾乎沒有壞種，雲宓也將它們種到土裡，小心地照顧著。

至於其他種子，雲宓怕有些不合季節的活不成，所以每樣種子拿了三分之一出來種植，靈泉水沒有顯示這些到底是什麼，不過這就像開福袋一樣，讓雲宓非常期待。

山寨裡的人多，肥皂做起來比村裡要快很多，穆銘帶著幾個人一連往縣裡送了好幾趟。肥皂的供應量上來了，雲記便開始販售一些冷製皂，但是蜂蜜羊奶皂還是只能等知之茶舍限量銷售。雲記也不是天天開門，因為一旦開門，商品便會被搶購一空。

穆銘看到肥皂賣得這麼好並不驚訝，不過看到齊子驍讓他送回南雲村那一箱箱白花花的銀子後，他動起了腦筋。

這天，穆銘將銀子送到南雲村時，正好趕上齊朗家搬家。

他們的新房子坐落在南雲村山腳下，有前院有後院，有花廳有門房，還有一整排的客房，雖然不若縣裡那些鄉紳富豪的房子富麗堂皇，但這裡的布局擺設卻更加舒適。

穆銘幫忙把銀子都搬進庫房，庫房裡的箱子已經堆滿了一個牆角，雲窓指著其中一個箱子對穆銘道：「這一箱你帶回去給山寨裡的人，夠嗎？」

「夠，肯定夠。」穆銘又道：「子驍說讓妳多做一些豆腐乳，很多人買。」

不等雲窓說話，穆銘又道：「我看妳這裡人手不多，不若讓山寨裡的人做吧？」

「山寨裡的人還要做肥皂，只怕是分不出人手來。」雲窓想了想。「容我再考慮一下。」

# 第三十三章 確認關係

與雲宓商量好了以後，穆銘又去探望蕭子長，看到他一臉的好氣色，穆銘大感驚訝，不由得滿懷希望道：「二郎，子長會好起來嗎？」說著，他忍不住看向雲宓。

他記得那日在山寨裡，子驍說要二嫂救子長，難不成她真的有通天本領？

「慢慢會好起來的。」齊淮並未保證什麼，畢竟蕭子長現在還沒醒。

穆銘喃喃道：「子長，咱們還約了一起喝酒，你可不能食言啊。」

探望過蕭子長，穆銘又跟齊淮說起縣裡的事情。

「二郎，縣裡的肥皂賣得非常好，但我覺得還是要往外推廣，咱們現在做的量變多，只賣本縣很快就賣不動了。」穆銘滿臉寫著躍躍欲試。

齊淮看他一眼道：「賣去哪兒？」

「府城啊。」穆銘道：「府城有錢的人更多，這些肥皂會非常受大家小姐喜歡的，價錢也只會更高。」

齊淮沈吟片刻後道：「我們並不熟悉府城的市場，肥皂買賣實在太過扎眼，容易引起麻煩。」

穆銘「嘖」了一聲道：「何必擔心這個，你忘了我是誰了？我可是山匪，怕什麼？」

雲宓覺得無言，做山匪很光榮嗎？好吧，在這個時代好像還真是挺厲害的。

穆銘又道：「二郎，這賀黎可是把肥皂賣出去了，到時候一定有很多人會來泗寧縣，還不如咱們自己去府城開家鋪子呢。」

齊淮搖了搖頭說：「你若真想賣，不妨找個可靠的人，但自己開鋪子就算了。府城人多眼雜，說不定就有認識他們的人，到時候惹來禍患就不好了。」

「也行。」穆銘點頭。「只要能賺錢就行。」

「嗯嗯。」雲宓也忍不住點頭，她可饞銀子了。

齊淮抬手敲她一記，小丫頭每次聽到錢眼睛都亮閃閃的。

穆銘帶著銀子回了龍虎山，雲宓則忙著收拾新房子，齊老頭將之前雲宓訂製的家具送了過來，還為她做了衣架。

雲宓看著衣櫃歡喜得不得了，對齊淮道：「齊二哥，咱們改天再去趟縣裡吧，給大家做幾身衣裳。」

齊淮拉過她的手將她拽入懷裡道：「想去府城嗎？」

「能去嗎？」雲宓眼睛一亮。

「當然能。」齊淮摩挲著她的手。「我現在身體好了很多，能陪妳去很多地方。」去做生意怕惹麻煩，逛逛倒是無所謂。

齊淮的健康大幅好轉，身上明顯有了力氣，他覺得自己那天喝了過量的靈泉水算是歪打正著。

「等新家收拾好再說吧，要是蕭大哥能康復就更好了，帶他一起去。」雲宓抱著期待說道。

「好。」齊淮摸了摸她的頭髮，然後低頭吻了吻她的唇。

新房子裡，齊淮和雲宓的臥房沒有燒火炕，而是買了一張床，雲宓之前睡炕總是睡得腰疼，齊淮便記在心裡，換成了床。

床比炕小多了，兩人之前躺在一個炕上分居兩頭，中間還能擺張小桌，但這床就不行了，兩人平躺著，一伸手就能觸碰到對方。

明明在一個炕上睡了那麼長時間，但同時睡在這張床上時，卻覺得有那麼一絲絲尷尬。

雲宓舒舒服服洗了個熱水澡，換好衣裳從屏風後面走出來上了床，齊淮看了她一眼，雲宓慌忙背對著他躺下，扯過被子蓋在身上。

大壯進來換水，齊淮也洗了個澡，洗完後他吹滅油燈，在雲宓身邊躺下。

帷帳放下來，形成一個小小的密閉空間，黑暗的房間中只聽得到兩人清淺的呼吸聲，層層層疊疊的曖昧悄悄蔓延著。

雲忞摸了摸自己有些發紅的臉，輕輕吐了口氣，說道：「我用漿果做了果醬，留幾罐給大伯父和南叔他們，剩下的拿到鋪子裡去賣好不好？」

「好，聽妳的。」

齊淮的聲音彷彿就在耳邊，雲忞不自在地扯了扯被子。

「我看櫻桃快熟了，到時候我給你釀些櫻桃酒，等冬日裡就能喝了。」

「好。」

「齊二哥……」雲忞還要再說，手卻被人握住，想說什麼一下子全忘光了。

齊淮翻了個身，自她身後低聲道：「雲娘，我……我……」

眼看齊淮「我」了半天一句完整的句子也沒能說出來，雲忞都替他著急，這人平日做什麼都挺痛快的，怎麼現在說句話這麼費勁呢？

齊淮糾結了好半天，自己笑了起來，嘆口氣道：「我長這麼大，還從未這麼為難過。」

「為難？」雲忞倏地掀開被子坐了起來，瞪著黑暗中躺在床上的人。「我讓你為難了？」

「我不是這個意思。」齊淮也忙坐起來。「我是怕我說錯話會惹妳不開心，妳看，現在就是惹妳不開心了……」

雲宓撇嘴道：「我為什麼會不開心啊？」

「是啊，為什麼……啊？」

齊淮話還沒說完，雲宓已經在心裡罵了他上千遍「傻子」，隨即躺下翻身背對著他。

見雲宓如此，齊淮坐了一會兒，突然問道：「雲娘，妳要跟我和離嗎？」

「你說什麼?!」雲宓再次被氣得坐了起來。「你想跟我和離？我才不要呢，要是想跟我分開，只能我休你！」

齊淮失笑，抬手摸了摸她的臉說：「我不想和離，也不想被妳休，我……」

雲宓後知後覺地發現齊淮說的是什麼意思，既然不想和離，那豈不是就要做真正的夫妻了？

她的臉瞬間紅了起來。

齊淮再次握住雲宓的手，輕聲道：「雲娘，我會對妳好的。」

雲宓抬眼，兩片柔軟的唇就落了下來。

很溫柔的吻，像是齊淮這個人，謙和有禮，卻又讓人能夠放心地依賴。

雲宓輕輕閉上眼，抬手環住了齊淮的脖子。「齊淮，從今天起我就是你娘子，你就是我相公了。」

聞言，齊淮動作頓了頓，下一刻便傾身靠了過來，雲宓勾起唇淡笑，輕輕推著他道：

「你喊我一聲娘子聽聽唄。」

齊淮難得臉一紅，好半天沒反應，雲宓湊近他，在他唇上親了一下說：「相公。」

接下來雲宓再次被吻住了，這一夜，帷帳輕搖，直到天矇矇亮時雲宓才睡了過去，睡前還在迷糊地想著，齊淮到底有沒有喊過她娘子。

雲宓這一覺睡到日上三竿，直到院中傳來很多人的呼喊聲，隱約還能聽到齊朗和大壯在叫。

她從床上爬起來，正打算去衣櫃拿衣服，就看到床邊已擺好了自己要穿的衣裳。

雲宓不禁淺淺一笑，換好衣裳後又去漱洗，盆中已經換上清水，還是溫的。

以往都是自己醒得比齊淮早，難得比他晚一次，沒想到還能看到他這麼細心的一面。

漱洗完後來到院中，雲宓這才知道發生了什麼事情，原來是齊淮做早飯時差點兒把灶房給燒了，火勢撲滅後，此刻還飄著濃煙呢。

「齊二哥，你這有點兒厲害啊。」雲宓忍不住調侃。

站在灶房外灰頭土臉的齊淮聞言嘆了口氣。

「沒事，第一次做飯，沒把灶房燒掉就很好了。」齊朗道。

「是啊，能點著火就很厲害了。」大壯真心地誇讚。「咱們公子的手是拿筆的，不會做飯正常。」

看著齊淮那尷尬的樣子，雲宓笑到不行，用帕子沾了水為齊淮擦去臉上的污漬。

「還難受嗎？」齊淮小聲問道。

雲宓忍不住瞪了他一眼，紅著臉沒說話。

齊淮無奈道：「我本來想煮碗粥給妳吃，但……搞砸了。」

雲宓一個沒忍住大笑起來，然後偏頭往旁邊看了看，見大壯正在灶房裡打掃，便踮起腳尖飛快地在齊淮臉頰上親了一下。

邱雪從大門處走進來，正好看到這一幕，「唉唷」了一聲，讓雲宓鬧了個大紅臉。

村裡的人看里正家和齊老大家都開始做肥皂賺錢，齊朗家還蓋了大房子，就想著能不能也找點事做。

幾個跟邱雪要好的嬸子湊在灶房裡問雲宓。

「雲娘啊，妳看看我們能一起做肥皂嗎？保證做得又快又好！」

「是啊，我們手腳也挺俐落的呢。」

「這個……做肥皂暫時應該用不到人。」雲宓遲疑一瞬，又道：「這樣吧，我跟齊二哥商量商量，看看有沒有別的事情讓大夥兒做。」

靈泉水的用量最近有點大，除了山寨和村裡做肥皂得用，還有蕭子長跟齊淮要喝。

齊淮雖然身體好得差不多了，但尚未痊癒。雲宓想攢一些再給齊淮洗一次藥浴，蕭子長這段時間對靈泉水適應得挺好，她覺得他也能洗個藥浴。

對了，還有辣椒和馬鈴薯，為了防止壞種太多，雲宓每天都要澆一些稀釋過的靈泉水，這麼算下來，靈泉水簡直是供不應求啊！

知道她的難處後，齊淮道：「先給子長洗藥浴吧，我不著急，現在我身體挺好的，有用不完的力氣。」

雲宓笑咪咪地繞著他轉了一圈道：「齊公子，你現在口氣大得很呢，你忘了當初你是怎麼躺在炕上起不來了嗎？」

只見齊淮挑了一下眉，突然彎腰直接將雲宓抱了起來，雲宓驚呼一聲摟住了他的脖子。

齊淮將她抱上床，笑問：「如何？」

雲宓躺在那裡笑盈盈地看著他說：「齊二哥，你說讓村裡那些嬸子做豆腐乳和腐竹拿到鋪子賣好不好？等辣椒長出來，還可以教她們做辣皮，她們想要自己賣也行，若是怕賣不出去就賣給咱們，咱們再放到鋪子裡銷售，畢竟雲記的名聲算是打響了，應該很好賣。」

齊淮在床上躺下，將雲宓攬在懷裡道：「這個問題我想了很久，一直想跟妳談，以後若是一直住在村裡，只有咱們幾家賺銀子，時間長了難免會引起別人不滿，若是能讓大家都賺到些銀子，對咱們也好。」

「嗯嗯。」雲宓點頭。「我也是這麼想的，那我明天就去教她們。」

兩人說了一會兒話之後，齊淮便握住了雲宓的手勾了勾，雲宓不禁低聲道：「你不累啊？」

「可能是靈泉水喝多了，精神得很。」齊淮笑道。

雲宓推他一下道：「熄燈。」

齊淮下床吹滅油燈，放下了帷帳，又是一夜好夢。

雲宓將豆腐乳和腐竹的做法教給了村裡的幾個嬸子，她們既開心又感謝，成品大部分都賣給了雲宓，她再加入一些靈泉水，形成雲記專屬的獨家風味。

至於雲宓，需要做的東西都有人幫忙了，她便清閒了下來，每日不是跟著齊淮讀讀書、認認字，就是照看她的辣椒和馬鈴薯，再來就是用靈泉水幫蕭子長治病。

齊朗燒好水，和大壯一起幫蕭子長泡了一次藥浴，蕭子長泡藥浴的反應倒是跟齊淮差不多，泡完後整個人都軟成了一灘泥，躺在床上好幾日緩不過來，但臉色倒是更好了，這讓雲宓變得更有把握，她相信假以時日蕭子長一定會醒的。

時序進入盛夏，天氣熱得不得了，雲宓前世過慣了有空調的日子，這麼熱的天實在受不了，整日裡蔫蔫的，晚上也睡不安穩。

見齊淮幫她打扇，雲宓按下他的手，沒什麼精氣神地說道：「搧出來的風都是熱的，你別搧了，怪累的。」

雲宓受不了的時候便去泡澡，趴在浴桶裡不想起身，但她這麼整天泡在水裡也不行，皮膚都要泡皺了。

「你不熱嗎？」雲宓見齊淮像個沒事的人一樣，不由得好奇。

「還好，習慣了。」齊淮擔憂地看著雲宓。這還不是最熱的時候，她便受不了，那到時候豈不是更難過？

「要是有電風扇就好了。」雲宓就不指望空調了，有電風扇也行啊，但這個時代怎麼可能有電風扇？

「電風扇是什麼？」齊淮問。

反正閒來無事，雲宓便將電風扇的樣子以及運作原理說給齊淮聽，齊淮聽了以後若有所思。

接下來一段時間，雲宓都無心做別的事情，但看村裡其他人該做什麼就做什麼，絲毫不受暑熱的影響，她甚至覺得是不是因為自己不是這個世界的人，所以才格格不入呢？

天熱雲宓也不喜歡做東西，倒是蓉蓉跟雲宓學會了不少菜，每天變著花樣地做給雲宓吃，但她沒什麼胃口，根本吃不了多少，好不容易養出來的肉又全沒了。

眼見雲宓一天天瘦下去，齊淮心疼得很，不斷想著怎麼樣才能讓這天氣涼快一些。

這天雲宓在浴桶裡泡了半日，剛穿上衣衫，便聽屋後傳來一聲巨響。「外面什麼聲音？」

「夫人，您出去看看就知道了。」蓉蓉一臉神秘道。

雲宓走出房間來到後院，就看到後院的院牆被打通，河裡放置著一個很大的水車。他們的新房子背靠著山，山上的泉水匯入村中的河裡，形成了一個小瀑布，水流帶動水車飛速旋轉，送來陣陣涼意。

雲宓有些驚喜地看向站在一旁的齊淮道：「為什麼會有這個？」

這樣一來，她以後若是熱得難受，倒是可以在這裡擺張小桌，一邊看書一邊乘涼，還可以做個貴妃椅躺著小憩片刻。

正當雲宓陷入幻想中時，齊淮牽過她的手道：「跟我來。」

齊淮帶領雲宓去了後院的一間臥房，這間臥房的窗戶正對著小瀑布，桌上擺放著一個木質的風扇，那風扇竟然不用靠人搖就能轉動，風力很足，一走進房就感受到了涼風。

「怎麼可能？」雲宓覺得非常不可思議，快速走過去觀察起這個風扇。

風扇的形狀是她描述給齊淮聽的，木質的葉片，還有一個木質的罩子，除了沒有電，與現代的電風扇幾乎一模一樣，但比現代版的多了股質樸的味道，古色古香，好看得很。

雲宓研究了好一會兒才明白這風扇為什麼會自己轉動，原來風扇被用鐵製的鍊條與屋外的水車相連接，水流帶動水車然後轉動風扇，就成了一個完全不倚靠人力的風扇。

「齊淮，你太厲害了。」雲宓轉身抱住齊淮。「簡直是個天才！」

齊淮摸摸她的頭說：「妳整天沒精神，全家都為妳擔心呢。」

「沒事，我都好了！」雲宓感受到這股涼風，還真像是喝了提神飲料一樣，瞬間滿血復活。

齊淮瞧見雲宓這模樣，捏了捏她的鼻尖道：「我捎信讓三郎去買冰了，到時候有了冰，還能更涼快一些。」

雲宓立刻將臥房改成這間房，吹著徐徐涼風，她迎來了入夏以後第一個熟睡的夜晚。

齊淮見狀鬆了口氣，心想這個夏天應該不會太難熬了。

翌日，穆銘便帶著幾車冰和幾箱銀子來到南雲村，同行的還有一個七、八歲的男孩和一個三十多歲的婦人。

「他們是誰啊？」雲宓好奇道。

穆銘支吾道：「山上弟兄的家人，我幫他們領上山去。」

「喔。」雲宓又看了端坐在花廳內的男孩一眼。

那男孩衣衫襤褸，但眉眼生得頗為好看，不像是鄉下孩子；還有那婦人，她並未坐下，而是站在男孩身邊，對他畢恭畢敬的，不像是他的娘親，倒像是僕人。

山寨裡的人會有這樣的親戚？

雲宓狐疑地看向穆銘，他忙轉移話題道：「我先和大壯把冰放到冰窖去。」

「去吧……」雲宓又喊住他。「等等！」

「怎麼了？」穆銘問道。

「我給你們做些冰沙吃吧，你幫我把冰砸碎。」

「冰沙是什麼？」穆銘現在和齊子驍一樣，一聽到吃的眼睛都亮了，恨不得日日住在這裡。

「冰沙就是……做好了你不就知道了嘛。」

「好好好，我馬上幫妳弄。」

穆銘搬完冰以後就馬上動手鑿冰，雲宓讓蓉蓉去擠羊奶，自己則做了些芋圓。

在碗底鋪上一層厚厚的冰沙，澆上煮開後放涼的羊奶，再放上一層芋圓和櫻桃罐頭裡的櫻桃，最後澆上蜂蜜，一碗冰冰涼涼的冰沙就做好了。

花廳裡，齊淮坐在主座上慢慢喝茶，一旁那男孩面無表情，不僅坐得筆直，還目不斜視。

雲宓將冰沙放到桌上，端了一碗給齊淮。「快，嚐嚐看。」

齊淮剛拿起勺子，穆銘就衝進來喊道：「好了嗎？我嚐嚐！」

穆銘拿起勺子盛了一勺放到嘴裡，冰沙夾雜著羊乳的清香，還有滑膩的芋圓、酸甜的櫻桃，在這盛夏之日吃上一口，簡直從頭涼爽到腳。

他忍不住喟嘆道：「一想到子驍品嚐不到這種美味，我就好開心。」

雲宓頓時無語。這就是所謂的塑料兄弟情吧？

她端了兩碗冰沙送到那個男孩桌旁道：「渴了吧，嚐嚐。」

男孩像是沒聽見一樣，一言不發，倒是旁邊的婦人忙躬身道：「謝謝夫人。」

「玉軒，吃點東西。」婦人小聲勸著。

男孩還是不說話。

「不吃算了，我吃。」穆銘毫不客氣地端起碗，幾口便吃了個精光。

齊淮放下碗，淡淡道：「穆銘，你跟我進來。」

穆銘擦擦嘴道：「好。」

等穆銘跟著齊淮去了書房，雲宓又端了一碗冰沙走到男孩身邊坐下，盛了一勺冰沙放入嘴中，然後發出一聲感嘆。「好好吃啊。」

雲宓一邊吃一邊絮叨。「這櫻桃怎麼如此甜，這芋圓怎麼如此好吃……蓉蓉、大壯，快，一塊兒過來吃。」

三個人就坐在男孩身邊吃得津津有味，到底不過七、八歲，男孩忍不住嚥了嚥唾沫，視線也落在那從未見過的、叫什麼「冰沙」的東西上。

# 第三十四章 權衡利弊

書房內，齊淮坐在椅子上看著穆銘道：「若我沒猜錯，那應該是慶陽王家的世子吧？」

穆銘大驚，瞪大眼睛看著齊淮道：「將軍如何知道的？」

「真是他？」齊淮閉了閉眼，嘆了口氣。「穆銘，你糊塗啊……」

穆銘倏地跪倒在地，背脊挺直地看著齊淮說：「將軍，先聽我解釋。」

這個時候穆銘切回了原先的模式，尊稱齊淮為「將軍」。

「慶陽王與安王向來不和，自從您『死了』以後，安王將目標轉移到慶陽王身上，慶陽王深知安王手段毒辣，便藉口讓世子去豐川探望生重病的外祖父而逃出京城，這一路上追殺世子的人不可謂不多。」

「前幾日，我去府城談肥皂買賣的生意，偶爾窺探到賀黎竟然在路上救了世子，救就救了吧，但他卻私下將世子關了起來……說實話，我真搞不懂賀黎到底想做什麼。」

「所以，你就把世子搶出來？」齊淮道。

「不是搶，是救。」穆銘摸摸鼻子。「慶陽王背後的勢力不容小覷，慶陽王妃的母家更是實力雄厚，只是慶陽王本人懦弱膽小，成不了大事，如今世子在咱們手裡，到時候可以讓他們助咱們一臂之力。」

「助咱們一臂之力？」齊淮蹙眉，瞇眼瞧著他。「我們要做什麼，需要慶陽王助咱們一臂之力？」

穆銘看向齊淮道：「將軍，您不會一直想待在這裡吧？面對過去種種，您就不覺得憋屈嗎？若是周家軍的弟兄們知道將軍還活著，只要您振臂一呼，所有人都願意跟著您……」

「別說了。」齊淮打斷穆銘的話，看著他道：「穆大哥，我現在這樣很好，過去的就讓它過去吧。」

「將軍。」穆銘瞬間站了起來。「您以前不是這樣的，那個意氣風發，有抱負、有理想的少年將軍去哪裡了……」

「誰?!」穆銘倏地轉過頭，目光凌厲地看向連著書房的那個門。

「那個少年將軍已經死過一次了。」房門被推開，有人扶著門緩緩走了進來。

穆銘看到來人，驚得張大了嘴巴，好半天才找回自己的聲音。「子長？你醒了?!」

蕭子長呼吸急促，只能扶著牆慢慢走，齊淮看到他醒過來也很驚訝，倒是蕭子長一臉平靜。他一直躺著醒不過來，但是這幾天卻有了知覺，可以聽到別人談話。

只見蕭子長躬身想向齊淮行禮，卻被齊淮扶住坐在了椅子上。

「有沒有哪裡不舒服？」齊淮問。

蕭子長搖了搖頭說：「你們剛才的談話，我躺在床上都聽到了。」

「那你怎麼想？」穆銘走到蕭子長身邊，半蹲下身仔細打量著他。「你真的沒事了嗎？」

「承蒙將軍和將軍夫人照顧，再養養應該能好。」蕭子長道。

穆銘鬆了口氣，一把抱住蕭子長，用力在他背上激動地拍了拍道：「好兄弟，看到你這樣真好！」

蕭子長被他拍得猛烈咳了起來，齊淮忙拽開他說：「你輕點兒。」

「我錯了……」穆銘手足無措地說道：「子長不會被我拍死吧？」

蕭子長好不容易止住咳，抬頭瞪了他一眼道：「不被你拍死，也要被你給笨死了。」

穆銘嘿嘿笑了兩聲，忙倒了杯水給他說：「你快點好起來，好了以後幫我勸勸將軍。」

蕭子長喝了半杯水後，才道：「將軍身體不好，等他身子養好了再說吧。」

「那是什麼意思？」穆銘撓頭。

「你先將世子帶回山寨裡好好照顧，以後的事情以後再說。」

「好，我明白了。」穆銘點頭。

齊淮看了蕭子長一眼，端起茶杯喝了口茶，沒多說什麼。

「穆銘，你送我回房吧，我有些累了。」蕭子長又道。

「好。」穆銘扶著蕭子長回了房間。

一進房，穆銘就皺眉道：「你怎麼不勸勸將軍呢？」

「勸什麼？」蕭子長在床上坐下。「將軍心中有數，他若想，什麼都能做到；他若不想，誰也不能改變他的主意，你逼他也沒用。」

「我不是要逼他，」穆銘無奈道：「我就是氣不過。將軍跟你死裡逃生，難道這一切就這麼過去了？那狗皇帝，還有安王，就讓他們這麼逍遙下去？若是明君，我打落牙齒和血吞，但問題是他是個昏君啊，根本死不足惜！」

蕭子長抬手拍拍穆銘的肩膀道：「我明白你心中所思所想，但此事不宜操之過急，也不是你想像的那麼簡單。」

「我知道。」穆銘湊到蕭子長身邊。「你知道後面那間庫房裡放了什麼嗎？」

「什麼？」

「銀子。」穆銘對他挑挑眉。「咱們這位夫人會做肥皂，你知道肥皂是什麼嗎？」

穆銘仔細地說給蕭子長聽，蕭子長這幾天躺著時也聽齊朗他們說過很多事情，但因為先前昏迷，不知事情經過，現在聽穆銘這麼說，只覺得驚奇不已。

「對了，你帶回來的那些東西，夫人都會種。」穆銘又道。

「真的嗎？」

蕭子長訝異地站了起來，又因為體力不支坐了回去。

「你別激動，是真的，夫人還做給我們吃過，那辣椒的滋味簡直了……」穆銘嚥了嚥唾沫，突然又道：「子長，我覺得將軍無心大事，很大的原因就在於這位夫人。」

「什麼意思？」

「都說英雄難過美人關，咱們這位夫人雖然不能說是絕世美人，卻把咱們將軍吃得死死的，少年夫妻，如今正熱絡著呢，哪有心思管家國大事？」

蕭子長沒答腔，只淡淡看著穆銘。

穆銘撓撓頭，覺得蕭子長的眼神有些古怪。

「你幹麼這樣看著我？」

蕭子長吃力地抬起腳，踹在穆銘身上道：「休要胡說。」

穆銘被踢了也毫不在意，只拍了拍袍子說：「我知道你覺得將軍不是這種人，但你記得的都是他未成親前的樣子，有女人和沒女人是不一樣的，要是不信，你也找個女人試試。」

蕭子長無奈地對他擺擺手道：「快走吧，不聽你胡說了。」

「行行行，你好好在這裡養著，我先把那世子弄回山寨，你也別閒著，除了養病，也要好好勸勸將軍。」

「行了，走吧，看見你心煩。」

穆銘忍不住說道：「虧老子把你一路揹回來，還煩我，有沒有良心啊！」

蕭子長哼了一聲說：「那還是老子為了救你才受的傷呢，差點兒就醒不過來了。」

穆銘摸了摸鼻子。算了，確實是自己欠他的。

來到花廳，穆銘看到雲宓正與那世子相談甚歡，一直冷著張臉的男孩臉上難得露出了一絲笑容。

看到穆銘的那一刻，趙玉軒的小臉瞬間變得冷淡起來。

穆銘走過來，揚揚下巴道：「走吧。」

趙玉軒猛地抓住了雲宓的手，冰涼的小手還帶著一絲不易察覺的顫抖。

雲宓看向穆銘，卻見穆銘過來掰開趙玉軒的手說：「男女授受不親，幹麼呢。」

趙玉軒甩開穆銘的手，站起身，抬起小臉看著他說：「有什麼條件直接談吧，要我的命還是要銀子？」

穆銘道：「你一個小孩懂什麼，我又不是土匪，要什麼銀子？」

雲宓忍住翻白眼的衝動。他是怎麼做到大言不慚的？不對啊，難不成這是他綁回來的肉票？

張了口，雲宓正要說話，便看到齊淮走了過來，她忙走過去想問他，齊淮卻先道：「雲娘，給這位小少爺準備些吃食還有衣裳，再給他拿些銀子。」

說完這話，齊淮又看向穆銘道：「穆大哥，我們不過是普通百姓，打家劫舍的事情不能做，把人送走吧。」

「二郎……」穆銘皺眉。

齊淮臉上沒什麼表情地說道：「怎麼，還要我再說一遍？」

穆銘下意識地站直身體道：「不用，我這就送他們走。」

聞言，趙玉軒的乳母臉上露出驚喜的表情，忙對齊淮跟雲宓行禮道：「謝謝公子、夫人，你們的大恩大德，我們日後一定會報答。」

穆銘雖有些不情願，但還是只能聽從齊淮的吩咐行事，只不過若是他現在將人送走了，說不定這世子明天就會在路上被人弄死。

慶陽王府一直保持低調，沒做過什麼壞事，若放任這世子被人害死，他的良心有些過不去，然而要是護送他去豐川外祖父那裡，難保王妃的母家不會揭竿起義，到時候可就沒他們什麼事了。

這人還是要握在自己手裡好，只不過……若是他私自將世子帶回山寨裡藏起來，將軍知道後會怎麼罰他？

穆銘正兀自盤算著，卻不知他這點小心思全都落入齊淮眼中，齊淮有些無奈，正待開口，趙玉軒卻突然說道：「我不走了。」

「什麼？」穆銘詫異地看向他。「你說什麼？」

趙玉軒的視線落在齊淮臉上，雖有些緊張，但依舊保持著不屬於這個年紀的鎮定。「你們既然將我綁來，自然不能讓我走我就走，你們要對我負責。」

「唷呵。」穆銘嘖了一聲。「還挺會賴。」

趙玉軒看他一眼，然後往椅子上一坐，一副「無論如何我都不走」的架勢。

乳母小聲勸道：「世子……」

趙玉軒對她搖了搖頭。他雖然不知道眼前這些人的身分，但他能感覺出他們沒想要他的命，若是他真的離開這裡，只憑他和乳母兩個，怕是還沒見到外祖父派來接他的人，就已經先沒命了。

穆大哥……姓穆的？趙玉軒打量著穆銘，若有所思，朝中可有姓穆的人？

穆銘看向齊淮，聳聳肩道：「你看，這是他自己不走的。」

齊淮食指在桌上敲了敲，片刻後，淡淡道：「那就趕出去吧。」

包括雲宓在內，屋內眾人都不可思議地看向齊淮，齊淮倒是很淡然，牽過雲宓的手，輕聲道：「子長醒了，妳要去見見嗎？」

「他醒了？」雲宓驚喜道：「真的嗎？」

「嗯。」齊淮點了點頭，牽著雲宓轉身走了。

去蕭子長臥房的路上，雲宓問齊淮。「那個男孩是誰啊？」

齊淮與她解釋了一番，也說明了其中的利害關係，雲宓聽了以後停下腳步，有些忐忑地看著齊淮說：「齊二哥，你想……」

「不想。」齊淮搖頭。「原因我之前已經跟妳說過了，我若想登上那個高位，勢必血流成河，一旦起了戰爭，苦的就是老百姓，我既然能為此死一次，自然不會碰這些。」

雲宓鬆了口氣道：「我也不希望你去做什麼皇帝。」

「我知道。」齊淮道。

「你知道？」雲宓偏頭看他。

「當然。」齊淮摸摸她的頭髮。「妳的心思我還是知道一些的。」

雲宓睨他一眼道：「當了皇帝，可是能有三宮六院、幾百幾千個妃子，你不想？」

齊淮失笑道：「當然……」

雲宓危險地瞇起眼。

「不想。」齊淮揉揉她的頭。「一心人難得，我感恩上蒼，發誓絕不會負妳。」

雲宓轉身踮起腳尖，雙手捧起他的臉，笑咪咪道：「只要你不負我，我也不會負你的，休想要什麼三宮六院。」

「好。」

齊淮低頭在她唇上輕輕親了一下。

「那位世子……你真的要把他攆出去，不管他的死活了？」說實話雲宓覺得有些不忍心，她還挺喜歡這孩子的，雖落魄至此卻依舊挺直背脊，很讓人佩服。

「表面上趕他走，暗地裡讓穆大哥一路護送，這裡離豐川不遠了，他外祖父那邊應該會有人來接。」齊淮道。

「這樣也好。」雲宓頗為感慨。「他才七、八歲便遭此劫難，而你十二歲便上了戰場，這一切都是因為那個昏君跟安王……」

她停下腳步看著他道：「齊二哥，咱們真的能一直安安穩穩在這裡過下去嗎？安王真的相信你已經死了嗎？」

雲宓越想越覺得不妥，普天之下莫非王土，她扯住齊淮的衣袖說：「若是有一日他發現了你的行蹤，到時候……咱們用山寨裡的人跟他打？」

「夫人所擔憂的不無道理。」蕭子長打開房門，對雲宓拱手行禮。「子長見過夫人。」

房內，蕭子長與齊淮相對而坐，雲宓拿了茶葉泡茶。

齊淮看著蕭子長說：「我今天能坐在這裡，還要謝謝你為我百般籌謀。」

蕭子長忙扶著桌子起身道：「是我自作主張，還望將軍見諒。」

「不是要怪你。」齊淮將他扶起來。「只是連累你們到了如此地步，我心中難安。」

蕭子長嘆口氣道：「將軍總是為了旁人委屈自身，什麼時候能為自己多想想呢？」

雲宓將茶端了過來，一杯給齊淮，一杯放到自己面前，給蕭子長的則是一杯摻了靈泉水的蜂蜜水。

「接下來將軍打算怎麼做？」蕭子長又道：「穆銘或許有些衝動，但咱們倒是真的需要未雨綢繆。」

「你先把身體養好，其他的事情我自有打算。」齊淮端起茶喝了一口。

蕭子長了解他，這話的意思便是他不打算再談下去了。他垂下眼眸，突然看向雲宓說：「夫人有何想法？」

「我？」雲宓望向齊淮，只見他自顧自喝著茶，沒說話。

雲宓想了想，說道：「既然相公說有打算那就是有打算唄，我也不懂這些，我覺得你帶回來的那些東西當中似乎有茶樹種子，若是能種出來，到時候就能自己炒茶跟製茶了。」

蕭子長一怔，繼而笑著搖了搖頭。

「茶樹？」齊淮倒是開了口。

「對。」雲宓點頭。「若是咱們這裡的土壤跟氣候合適，就可以在後山種一片茶樹，我親手為你製茶，一定會比任何茶都好喝。」

齊淮喜歡茶，聞言倒是來了興致，說道：「走，去瞧瞧。」

夫妻兩人就這麼出去了，蕭子長靠在床上，透過半開的窗戶望著不遠處正在轉動的水車，感受絲絲涼風。這怕是他這麼些年來過得最愜意的時光了。

這一邊，趙玉軒和乳母被穆銘帶到鎮上後，便將雲宓準備好的包袱扔給他們，然後將他們趕下馬車。

「行了，你們走吧。」

趙玉軒看他一眼後，便拿起包袱帶著乳母走了。

穆銘叼著一根草等了一會兒，然後就閃身跟了上去。

他本以為趙玉軒會去買輛馬車立刻離開這裡，誰知他們主僕二人卻悠閒地逛起了鎮子。

今天恰逢趕集，趙玉軒帶著乳母在集市上轉了一圈，買了不少吃食、幾身衣裳和鞋襪，最後坐上了牛車。

穆銘跟在牛車後面晃悠悠走了半天，發現他們竟然回到了南雲村。

趙玉軒在村頭詢問一個小孩里正家在何處，他問的人恰好是南文錦，南文錦熱情地帶著他走，說道：「我家就在前面，我帶你去找我爹。」

跟著南文錦來到里正家後，趙玉軒表示要在村裡租一間房子住。

南雲村不是什麼富裕的地方，還未見過外村人來這裡說要租房子住的，南世群有些好奇地問道：「你們為什麼要來這裡租房子啊？」

「家鄉發生水災，我們是逃難出來的，家人都走散了，只剩下我跟姑姑兩人，實在是無處可去，想要找個落腳之處。」

南世群一聽，覺得他們著實可憐，也想幫一把，但這年頭家家戶戶生活都困難，誰家還有多餘的房子能租出去呢？

想來想去，就只有齊淮家了，他們搬了新房子，原來的老房子便空了出來，之前加強了院牆，應該是想要做肥皂，但後來做肥皂的事情分了出來，那房子便沒了用處。

「村裡有多餘房子的只有那麼一家，我幫你去問問，若是人家不願意，我就沒有辦法了。」

南世群帶著主僕二人往齊淮家去，穆銘躲在暗處跟著，跟著跟著，越看越不對勁——這不是又回到齊家了嗎？

晚飯時，雲宓特地為蕭子長做了羊乳糕和魚湯，至於其他人，雲宓準備的是麻辣燙。後院種的辣椒很快就能吃了，她便開始奢侈地使用之前不捨得吃的乾辣椒。

一家人坐在小瀑布前一邊吹涼風一邊吃麻辣燙，蕭子長覺得魚湯和羊乳糕太美味了，是他這輩子吃過最好吃的東西，但見其他人吃麻辣燙的樣子，又忍不住有些心動。

「想吃嗎？」齊淮問。

蕭子長輕咳一聲道：「那，要不我嚐嚐？」

蓉蓉聞言站起身打算去盛給他，齊淮卻擺了擺手道：「病著呢，不能吃這些。」

「少吃些應該沒關係吧？」蕭子長試探道。

「不行。」齊淮搖頭，堅決道：「你吃了對身體好不好我不知道，但當初我身體不好的時候也是這麼看別人吃的。」

見蕭子長一臉吃癟的模樣，飯桌上響起陣陣笑聲，雲宓拍了齊淮的手臂一下，笑道：「你真的很壞，不過我覺得蕭大哥的身體可比你好得快多了。」

雲宓這麼一說，齊淮也發現了，蕭子長白天剛醒，晚上就能坐在飯桌前吃飯了，雖然看著還是有些虛弱，但比當時的他好太多了。

大夥兒正說笑著，南世群便走進來說道：「吃飯呢，在外面就聽到你們的笑聲了。」他的視線忍不住落在飯桌上，這又是吃什麼他從來沒見過的東西啊？

眾人正打算招呼南世群過來吃飯，就看到了站在他身後的趙玉軒主僕倆，不由得納悶：他們不是離開了嗎？怎麼又回來了？

# 第三十五章 人小鬼大

齊淮和蕭子長對視一眼，沒有說話。

南世群沒察覺出大家的反應有些奇怪，開門見山地說出了前來的目的。

「住我們的老房子？」雲宓詫異地看著趙玉軒。

「是啊，為了逃難離鄉背井，挺可憐的，當然了，若是你們的房子有別的用處，我就再幫他們想其他辦法。」南世群道。

雲宓看了看齊淮，心想：這到底是什麼情況啊？

齊淮瞇眼瞧著趙玉軒，趙玉軒對上齊淮的目光，有些心虛地低下了頭，蕭子長則乘機端了一碗麻辣燙埋頭吃了起來。

見沒人開口說話，南世群有些拿不準。這老齊家的人向來爽快，行或者不行，不至於這麼糾結吧？

就在南世群打算帶人離開時，趙玉軒上前一步站到了齊淮面前。

見齊淮看著自己，趙玉軒雙手攥緊，竭力掩飾著臉上的緊張，用很低的聲音道：「若我去報官，說你與山匪有所牽扯，你也不會有好日子過的。」

蕭子長一雙筷子頓了頓，忍不住勾了勾唇。

齊淮面無表情地說：「你在威脅我？不怕我殺了你？」

「那你殺了我吧。」趙玉軒毫無畏懼地說道：「你動手跟別人動手也沒什麼區別。」

此話一出，齊淮不禁挑了一下眉。

「訛上你了。」蕭子長聳聳肩。「篤定你不會殺他。」

蕭子長飛快吃完一碗麻辣燙，覺得整個人好似重生一般通體舒暢，擦了一把額頭上的汗，他看著趙玉軒道：「你覺得他不會殺你，那我呢？還有將你擄來的那個人，你覺得我們都不會殺你嗎？」

趙玉軒到底是小孩子，聞言臉色一白，可他依然揚著頭說：「那你殺了我吧。」

南世群聽不清他們在說什麼，只覺得氣氛有些不太對勁，而一旁的乳母則是相當緊張，汗水順著臉頰滴落。

擔心給齊朗家帶來麻煩，南世群打算帶趙玉軒走，卻聽齊淮開口了。「讓他住下吧，就住我們之前的老房子。」

趙玉軒鬆了口氣，偷偷在衣衫上擦了擦出汗的手，然後從包袱裡拿出銀子放到桌上，說是租金。

雲宓看著那銀子，覺得眼前的小孩簡直是個人才，這銀子分明是白天她放進包袱的那些。

可能是看出了雲宓的想法，趙玉軒紅著臉道：「我以後會還妳的。」

趙玉軒主僕二人就這麼在南雲村住下了。

兩人都是外鄉人，人生地不熟的，乳母只能做些繡活貼補家用，而趙玉軒不僅還是個孩子，之前還是個養尊處優的小少爺，兩人的日子過得頗為艱難。

雲宓還挺喜歡趙玉軒的，想要幫襯一下他們，卻被齊淮阻止了。

齊淮道：「他自己做出了選擇，就要接受這個選擇的結果。」

「他又沒做什麼壞事，年紀還這麼小，幫一下也沒什麼吧？」雲宓有些不理解。

「可他不是普通人，他有他要承擔的責任。」蕭子長道。

一個毛孩子能有什麼責任？雲宓想不通，乾脆也不想了，抱住齊淮的胳膊小聲告狀。

「蕭大哥占了我的地方。」

蕭子長身體好了一些後便總喜歡躺在小瀑布前的躺椅上，一邊看書一邊喝茶吃果子，悠哉愜意得不得了。

齊淮忙安撫她。「那地方太涼了，對身體不好，讓他待著吧。」

說著，齊淮順手拿起一塊石頭扔進了水裡，頓時水花四起，濺了蕭子長一臉。

雲宓不禁笑了起來，蕭子長敢怒不敢言，無奈起身回屋換衣去了。

這就是「烽火戲諸侯，只為博美人一笑」的翻版嗎？唉……

齊朗家的老房子到底是太舊了，住了兩個月就開始漏雨，當初雖然加強了院牆，但因為沒想著再住人，便沒有修繕。

趙玉軒抱著被子縮在牆角，雨水落在瓦盆裡滴滴答答的，乳母忍不住落淚。「世子本應該享受榮華富貴，怎麼會落到這個地步呢。」

趙玉軒皺眉道：「奶娘，別哭了，不就是漏雨嘛，明日找人修繕一番就是了。」

乳母一聽，翻出布包。當初雲宓給了不少銀子，但這兩個月來花了個七七八八，靠她做繡活根本賺不了多少銀子，若是再修繕房屋，怕是接下來連飯都吃不上了。

「世子，要不然咱們還是啟程去豐川吧，兩個月了，估計追殺咱們的那些人該消停了。」她吃些苦頭沒關係，但世子可不能再過這種日子了。

趙玉軒搖搖頭道：「還不到時候，安王的人一定會在豐川等我，只憑咱們兩個人絕對不可能活著回去。再者，我若生死未卜，我父王和母妃尚且能安穩度日，我若真的活著到了外祖父那裡，他們兩人危矣。」

乳母不禁嘆了口氣。

趙玉軒安撫她道：「放心吧，我自有打算。」

「屋頂漏雨了？」正在院裡幫雲宓摘辣椒的齊淮聽到這話，轉身看向大壯。「然後呢？」

「他去請里正差人修繕房屋，然後又來找我，說是要將從山上摘來的果子賣給我。」大壯道。

「你收了嗎？」齊淮問。

「還沒，這不回來問問公子嘛。」

「收著吧，跟村裡那些孩子一樣，給他銀子。」

「好。」

大壯出去後，雲宓嘆口氣道：「齊淮，那房子是咱們的，人家給了房租，那修繕的費用自然要咱們承擔。」

「但他給咱們的房租當初也是妳給他的。」齊淮道。

……這人可真精！雲宓湊過去小聲道：「你之前是不是跟他們家有什麼冤仇啊？」

「沒有。」齊淮搖頭。「還是那句話，這是他選擇的，就要由他承受。」

雲宓撇嘴，想了一會兒後道：「那人的想法不一樣，是不是也應該互相尊重？」

「什麼意思？」齊淮笑著看她。

雲宓輕咳一聲道：「我在這件事情上跟你的看法不一樣，但我尊重你的想法，我覺得你也應該尊重我的想法，這是夫妻之間應該做到的。」

「那妳有什麼想法？我有什麼地方不尊重妳了？」齊淮有些疑惑。

雲宓義正詞嚴道：「我決定現在送一筐馬鈴薯給趙玉軒，你應該尊重我。」

說完也不等齊淮開口，雲宓便帶著蓉蓉將剛剛挖出來的馬鈴薯裝了一些，又拿了米、麵之類的東西，一起去了趙玉軒那裡。

蕭子長喝著茶笑道：「不阻止？」

齊淮繼續摘他的辣椒，輕聲道：「這是互相尊重，你別躺著了，總躺著對身體不好。」

蕭子長笑了一聲，站起身活動了一下手腳道：「那我挖馬鈴薯吧。對了，這馬鈴薯怎麼吃，我聽穆銘說用辣椒炒很好吃，我還沒吃過呢。還有，穆銘說馬鈴薯能收成的時候一定要告訴他，要不等咱們吃完了再跟他說？」

一群吃貨！齊淮無語。

趙玉軒看到雲宓帶來的馬鈴薯，立刻拿出銀子說要買。

「這是送給你們的，你們幫忙修繕房屋，我們還要說聲謝謝呢。」雲宓看了看這間房子，以前自己住在這裡時不覺得有什麼，但現在看起來挺破舊的，讓一個世子住在這種地方，真是……

「不，該給妳的銀子還是要給。」趙玉軒堅持拿銀子出來給雲宓。

雲宓見狀，抱起馬鈴薯就往外走。「馬鈴薯這麼好的東西，我還是留著自己吃吧，不賣。」

趙玉軒沒想到雲宓這麼執拗，愣了一下，忙追上來道：「齊夫人，我想跟妳談筆生意。」

「嗯？談生意？」雲宓覺得有些好奇。「你想跟我談什麼生意？」

趙玉軒讓乳母上了茶水，在這種生活條件下家裡竟然還有茶葉，雲宓覺得這世子著實有趣。

「是這樣的，我在村裡生活了兩個多月，觀察了一下，村裡的小孩每日都上山採集漿果送到大壯那裡去，然後由大壯付給他們銀子，除了漿果，你們家還收取蘿蔔跟黃豆之類的，總之用量很大。」

雲宓點點頭，算是默認。

「妳不覺得很麻煩嗎？」趙玉軒問道。

雲宓挑眉。確實挺麻煩的，一旦用料很多時，爹還有南叔他們就要駕著牛車去各個村裡收材料。

趙玉軒觀察著雲宓的表情，接著說道：「我幫妳收如何？」

「你幫我收？」雲宓嘴角勾了勾。「怎麼個收法？說來聽聽。」

「別管我怎麼收，妳只要保證妳需要的材料都從我這裡買，我就會省去妳很多麻煩，把妳想要的跟我說一聲，我便會幫妳備齊。」

「當真？」

「自然，我是要與妳簽契約書的。」趙玉軒道。

雲宓想了想，說道：「我得回去跟我家相公商量一下。」

趙玉軒神色一頓，繼而若無其事道：「你們家的鋪子叫雲記，很多事情明明都是妳作主，為什麼要與妳相公商量？女子也應當有自己的想法，不應受男子擺布。」

這話聽在雲宓這個現代人耳裡可說是相當受用，但這不是現代，是古代，這小孩對她說這話，擺明了是想挑撥離間啊。

雲宓忍不住「嘖」了兩聲，然後一拍桌子道：「你說得對，那咱們簽契約書吧，我作得了主。」

趙玉軒暗自鬆了口氣，但表面上依舊雲淡風輕，拿出紙筆寫了契約書讓雲宓簽字。

雲忞回家後將這件事情說給齊淮和蕭子長聽。

「所以，夫人就這麼跟他簽了契約書？」蕭子長挑眉。

「當然，我覺得他說得對，女子不應該受男子擺布，應該要有自己的想法。」雲忞煞有介事地點頭。「所以我決定以後遇到事情都不與相公商量了。」

齊淮抬手在她額頭上敲了一記，然後又為她揉了揉，笑道：「這世子年紀不大，倒是會用攻心計。」

「只不過手法太過稚嫩了。」蕭子長也笑道：「難得夫人樂意陪他玩。」

「其實我覺得他那副樣子還挺可靠的。」雲忞拿了幾顆馬鈴薯一邊削皮一邊道：「咱們看人不能只看年齡啊。」

蕭子長聞言哈哈大笑，雲忞瞥了他一眼，然後看著齊淮說：「你覺得我說得對嗎？」

「對，妳說的都對。」齊淮摸摸她的頭。「他已經八歲了，不是三歲孩子，能做生意了。」

「就是，他又不是三歲孩子。」雲忞點頭附和。

蕭子長無奈地長嘆一口氣，將軍怕不是有些懼內？

削完皮，雲忞拍拍手道：「行了，今天晚上給你們做一頓馬鈴薯宴。」

「馬鈴薯能做些什麼？」蕭子長洗淨手後拿了筆和紙放在石桌上，開始磨墨。「夫人，您能把您知道的讓我記錄下來嗎？」

「當然能了。」雲宓覺得挺有意思的。「是不是還要畫個圖，順便把幼苗的樣子畫下來，還有辣椒，辣椒也可以記錄。」

兩人興致勃勃地談論起了製作畫冊的事情，雲宓道：「能找到這些種子都是你的功勞。」

她指著兩種植物道：「這個叫南瓜，那個叫番茄，還需要等幾天才能吃。」

雲宓當初各種了一些種子，還用靈泉水澆灌，可能是灌溉不均勻的原因，馬鈴薯和辣椒都能收穫了，南瓜和番茄還不能吃。

「能認識這麼多東西，為百姓帶來福利，則是夫人的功勞。」蕭子長道。

雲宓想了想，美滋滋地點頭。

齊淮忍不住「嘖」了一聲道：「對，你們都有功勞。」

雲宓忙挽住他的胳膊道：「當然了，把有功勞的我從水裡救出來的相公才是功勞最大的。」

齊淮點了一下她的鼻尖說：「那今天晚上的馬鈴薯要怎麼做？」

酸辣馬鈴薯絲、馬鈴薯燉肉、馬鈴薯泥、地三鮮……雲宓每道菜只用了一顆馬鈴薯，畢竟有些馬鈴薯還要留作種子。

吃完馬鈴薯宴，眾人久久不能回神，好一會兒，蕭子長才感慨道：「馬鈴薯不僅產量高、好存放，還有各種吃法，若是普通百姓都能種植馬鈴薯……」

「對啊，咱們可以讓村裡的人都種馬鈴薯，然後拿去販賣，這樣不僅村裡的人能賺些銀子，還能讓更多人將馬鈴薯的種植方法傳出去。」雲忞興奮地看向齊淮。「齊二哥……」

「好。」齊淮摸摸她的頭。「容我想想，急不來。」

雲忞也知道這事急不來，此時已經十一月了，馬上就要進入冬季，已經不適合種植馬鈴薯，只能等待來年。

不過雲忞自己還是想再種一季，既然有靈泉水，估計能成功。所以這些馬鈴薯雲忞只留了少量給穆銘和齊子驍，其他全都用來育種。

正當雲忞忙著育種時，趙玉軒那邊的收購生意竟真的做了起來，而且似乎做得挺不錯。

趙玉軒將所有需要收購的東西寫在紙張上，然後交給南文錦，由南文錦分發給私塾裡的同學。

這些孩子都識文斷字，他們將這些紙張帶回家裡，有的告知父母，有的告知村裡的里正，很快各村的人都知道南雲村有人在收購糧食，有多餘存糧要賣的便送到趙玉軒那邊，每斤的收購價格比在集市上多一文錢。

趙玉軒又製作了各種小木牌，木牌上寫著該項物品需要的斤數，每日由南文錦帶到私塾裡發給同學，只有拿著木牌來賣東西的，趙玉軒才會收購，這樣便能控制自己收購的總量。至於私塾裡的同學，只要拿了東西來賣，南文錦每次都會給予十文錢的代購費。

時間一長，每個村子能收多少東西，趙玉軒大概都摸清楚了，還仔細記錄下來，起先他手忙腳亂的，後來就變得井然有序。

村裡人偶爾想買些什麼，也會直接到趙玉軒這裡來，趙玉軒見狀，便開始收購一些放得住的東西，而每日裡往這送東西的人看到趙玉軒這邊有新奇玩意兒，也會買回去賣到村裡，此處儼然成了一個中繼站。

「看樣子，這世子不是個草包。」蕭子長端著蓉蓉切好的菜葉邊餵雞邊道。

雲宓之前買了一堆小雞仔，現在餵雞就成了蕭子長的工作。

「換成別人，這個活還真不一定能做好。」齊朗道：「除了要聽明伶俐，還得識字，這世子竟能想到讓南文錦去私塾找那些學生，還挺行的。」

雲宓挑眉道：「這跟當初齊二哥賣醃蘿蔔的手段可說是如出一轍啊。」

「嗯？」蕭子長好奇道：「還有這種事情？說來聽聽。」

雲宓便將當初醃蘿蔔生意如何做起來的說給蕭子長聽，三人正聊著，趙玉軒就在大壯的帶領下走了進來。

可能是這些日子太過勞累，趙玉軒整個人瘦了一圈，但身子抽高了不少，人看起來也更有精神了。

「玉軒，有事嗎？」雲宓拿過剛替齊子驍做好的辣條放到他面前。「來，用辣椒做的，嚐嚐。」

趙玉軒也吃過雲宓做的辣條，但都是椒麻味的，這辣味十足的辣條讓他眼睛一亮道：「這個好吃。」

「好吃吧，給你裝一些。」雲宓幫趙玉軒包了一些後又道：「一個個的都這麼能吃。」以前只要做齊子驍的就行，現在除了穆銘，還有蓉蓉和大壯，本以為蕭子長不稀罕這些東西，誰知道他吃得比誰都歡，而齊淮身體越來越好，也經常吃這些小零嘴，做好一次用不了幾天就吃沒了。

現代生活多好啊，想吃什麼直接網購，如今倒好，想吃什麼只能自己搗鼓。

「謝謝齊夫人。」

「你找我有什麼事嗎？」雲宓問。

「喔，今天送貨的人拿了一些茶葉過來，他說他家後山上有一片茶樹，每年都炒茶，但這茶太劣質，大戶人家不屑喝，村裡人又喝不起，便過來問我要不要買，若是我不買，明年他們就不採茶了，找個別的營生。」

雲忞接過布包打開聞了聞，她不懂茶，但這茶一聞便知道不是什麼好茶。

蕭子長接過去泡了一壺，喝了一口後搖頭道：「確實不怎麼樣。」

雲忞想了想，說道：「收了吧，買回來我做茶葉蛋給你們吃，山上那麼多人呢，用不了多久就吃光了，算是年終獎勵。」

「什麼獎勵？」蕭子長疑惑。

「就是到了年關給大家的獎賞。」雲忞解釋。

「賣茶的那戶人家是哪個村子的？」齊淮的聲音突然響起。

趙玉軒猛地轉身，看到齊淮的那一刻，他忍不住後退了一步。

雲忞不禁有些無奈，齊淮也沒對這小世子做什麼，可這小世子竟然有些怕他。

「是隔壁鎮的，他兒子在私塾念書，知道咱們這裡收東西後特地找過來的。」趙玉軒道。

齊淮點了點頭說：「還知道些什麼？」

趙玉軒想了想，回道：「他們家一家四口人，女兒十幾歲，兒子十歲，一直靠種茶維生，這幾年茶葉不好賣，日子越過越艱難。」

齊淮思索了一下，說道：「這樣吧，等他再找你的時候，你讓他過來，我與他談談。」

「好，那方才說的那些茶葉還要嗎？」趙玉軒又問。

「要啊，當然要。」雲宓接話道。

「我知道了。」趙玉軒告辭離去，不忘帶走雲宓幫他包好的辣條。

# 第三十六章　拓展事業

只隔了一日，趙玉軒便領著那種茶的夫婦過來，兩人趕了一輛牛車，上面全是炒好的茶葉。

兩人找了家裡最體面的衣服穿上，顫巍巍地站在齊淮和雲宓面前。

齊淮上下打量起他們，那男人急忙開口。「這些茶葉都是自家炒的，保證乾淨。」

「你們先坐。」齊淮示意兩人坐下，然後才道：「我打算買下一個山頭種茶，但我不懂這些，想要請教你們，不知……」

「當然可以！」夫婦倆忙不迭地點頭，男人說道：「我們種茶十幾年了，公子若是想種茶，我們可以教你們。」

「不。」齊淮搖搖頭。「我不是想讓你們教，而是想讓你們幫忙種，不知意下如何？」

「幫你們種？」男人有些訝異，夫婦倆互相對視一眼，不太理解齊淮的意思。

「對，你們自己種茶無法保證能賺多少銀子，但如果你們幫我們種茶，我們可以按月付工錢，無論這茶賺不賺錢，都與你們無關。」

「您說真的？」男人激動起來，隨即又嘆了口氣。「公子、夫人，不瞞你們說，咱們這裡是挺適合種茶樹的，但茶樹的品種不好，你們若想藉此賺錢，自己動手種還可能賺些銀子，若是雇我們來種，還要負擔工錢，不划算。」

雲宓笑道：「沒關係，你們只管來種，我們也不指望這茶葉能賺錢，只不過我家相公還有大哥都喜歡喝茶，便想著自己製茶喝，你們考慮一下，每個月給你們二十兩銀子如何？」

二十兩銀子?! 夫妻倆不敢置信。

他們自己製茶確實比普通做工要多賺些錢，但也不是每天都有收入，旱澇災害都會有損失，核算下來一年能有百十來兩銀子算是頂天了，而齊家一個月給二十兩，一年便是二百多兩銀子啊，不僅不用擔心哪天就吃不上飯了，還能做自己喜歡又擅長的事，這可是天降好運啊！

「東家。」男人當即便改了口。「我們一定會好好幹的。」

「行，你們回去考慮一下，我們這裡有房子，你們願意的話就搬過來住，至於時間，可能要年後開春了，等我們這邊把山買下來後便通知你們。」齊淮道。

「好，我們等著。」男人點頭道。

待雲宓將茶葉的錢付給他們後，夫妻倆就千恩萬謝地走了。

雲宓喜孜孜地抱住齊淮的胳膊說：「我還愁著那些茶葉苗要怎麼種呢。」她沒種過茶樹，不知道該怎麼種，這種事靈泉水也不會告知。

「還需要讓穆銘看看能不能從別處移植一些茶樹苗過來，茶樹從種子到長成至少要三年時間，咱們這茶還不知道何時能喝上呢。」齊淮道。

「不急，咱們有得是時間。」雲宓過去總是急著做這個、做那個，但現在聽到三年卻覺得不過須臾，日子還挺有盼頭的。

「是啊，有得是時間。」齊淮揉了揉她的頭，在她額間輕輕吻了一下。

不遠處的蕭子長看到這一幕，忍不住揚了揚眉。天天這麼看著，覺得這日子也挺好的……

齊淮與雲宓去了趟南世群那裡，說要買村裡的山頭，南世群很是樂意，大家除了撿柴跟放羊根本不往山上去，有人想要買山那可是大好的事。

「三百兩？」雲宓咋舌，竟然要三百兩，她好不容易賺到的錢就要這麼送出去嗎？

「齊二哥……」小財迷雲宓有些動搖了，這三百兩放在床頭日日看著不好嗎？

齊淮失笑，拍拍她的手安撫道：「會賺回來的。」

雖然南世群開出了價格，但這不是他一個人能決定的，他召集村民說明此事後，大夥兒自然是舉雙手贊成，這山對他們沒什麼用處，賣了還能拿到銀子，何樂而不為呢？

於是齊淮和雲宓就用三百兩銀子的價格，將自家屋後那整座山買了下來。

山頭是買了下來，但因為已經入冬，茶樹沒辦法種了，齊淮便趁這段時間開始規劃這座山的用途。

「這片地方青草比較多，就圈起來養牛羊。」齊淮在畫紙上指著。「這裡，則用來種馬鈴薯和辣椒。」

「還能養雞。」蕭子長插嘴道：「這裡種茶、這裡養花，還有果樹……」

「嗯嗯嗯……」齊朗聽得直點頭。

齊淮幾人畫起了藍圖，雲宓則默默走進庫房，看著那一箱箱的銀子，覺得它們很快就會離自己遠去了。他們計劃的這一切都很好，但就是有點兒費錢……

冬日雖冷，但新房子的保暖措施做得很好，屋內火爐燒得很旺，齊淮為雲宓做了好幾個暖手爐，顧三娘也幫她裁了幾件厚實的披風，雲宓每日抱著暖手爐跟著齊淮學寫字，閒暇時就做點吃食，日子過得相當愜意。

與雲宓悠閒的生活相比，齊子驍可說是過得水深火熱。

雲記生意非常好，自從山寨裡開始做肥皂後，穆銘又將肥皂賣去府城，不過穆銘只管送肥皂、談合作案，其餘各項事宜都得由齊子驍處理，齊子驍忙得像陀螺一樣，毫無閒暇。

他的手下不過是幾個不識大字的小乞丐，除了賣東西幫不了什麼，倒是多虧盛心月抽空協助他，說起來，這盛家小姐不發瘋的時候還是挺給力的。

百忙之中，齊子驍每每回到南雲村的家，瞧見到處擺滿了好吃的，一家人下棋、看書、品茗，他就覺得心裡不平衡。憑什麼他為了全家的生計奔波勞碌，而他們卻能天天吃二嫂做的美食？

齊子驍越想越難受，長長嘆了口氣。

前來送肥皂的穆銘晃著杯酒道：「小小年紀嘆什麼氣呢，怎麼，為娶不著媳婦兒而難受？」

「你才娶不著媳婦兒！」齊子驍回懟。

穆銘手一頓，好一會兒才皺眉道：「是啊，我都二十好幾的人了，還真的沒娶著媳婦兒呢。」

「對了，知之茶舍的盛小姐訂親了嗎？我覺得她還挺不錯的……」

「幹麼？你想娶她？」齊子驍瞪著他。「你都這把年紀了，好意思娶人家十幾歲的姑娘？」

「十幾歲？我聽說她十八了，過完年可就十九了，我又沒娶過親，怎麼就不行了？」穆銘很是不服氣，這小屁孩竟然看不起他。

「是這樣嗎？」齊子驍撓了撓頭。「這話說得也沒錯，那你就去娶吧，盛小姐特別與眾不同，祝你幸福。」

穆銘又喝了杯酒，搖頭道：「還是再等等吧，蕭子長那廝也還沒娶親呢，我要是娶了親，剩下他一個老頭豈不孤零零的，算了。」

齊子驍贊同地點頭道：「你說得對，兩個孤家老頭還能做個伴。」

穆銘皺眉道：「不提這糟心事了。對了，你剛才嘆什麼氣呢？」

「唉……」齊子驍又長嘆一口氣。「穆大哥，你說咱們沒日沒夜地賺這麼多銀子幹麼？我不想待在這裡了，想回南雲村，天天待在二嫂身邊。」

穆銘當頭給了他一巴掌，喝斥道：「胡說什麼呢？」

齊子驍摸著被打疼的腦袋，瞪著他道：「我是說我想吃夫人做的東西。」

「以後說話注意分寸。」穆銘反手揉了揉他的腦袋。「你不知道咱們家將軍現在疼她疼得跟眼珠子似的，你一個不小心說不定會被打一頓。」

「賺銀子當然有賺銀子的好處。」穆銘對齊子驍招招手，齊子驍湊過去，穆銘便對他小聲嘀咕了幾句。

齊子驍瞪大了眼睛。「真的嗎？公子是這麼打算的？」

「當然，咱們以前受了那麼多委屈，一定要連本帶利討回來。」穆銘敲著桌子，目光灼灼。「等過個一、兩年，咱們一定能賺更多銀子，到時候咱們就……」

「等一下。」齊子驍皺眉看著穆銘。「你說要是二嫂當了皇后，還能給咱們做吃食嗎？我也不能天天待在後宮吧？要是想天天待在那裡的話……」

齊子驍低頭看了身上某處一眼，倏地站起來道：「不行，會疼的！」

穆銘一時無語。燕雀安知鴻鵠之志哉，大傻子。

齊子驍坐回椅子上，看著窗外高高懸掛的明月，突然道：「穆大哥，權勢真的重要嗎？我幼時便跟在公子身邊隨他讀書習武，我總偷懶，教功夫的師父便用鞭子抽我，公子不但維護我，還陪我一塊兒受罰，那時公子臉上總帶著笑容。後來我們去了邊陲，公子日日憂心，我再也沒見過他像兒時那般笑了。」

「那時候他才十二歲啊……」齊子驍端起酒杯一飲而盡，醉意醺醺道：「我總是半夜裡醒來跑到公子帳中，去看他有沒有被人害死。」

「公子的外祖父訓誡我們，『征戰沙場為的是守疆為民，雖戰死吾猶未悔』，但到頭來全成了一場笑話。我們披荊斬棘卻被自己人暗算，最後所有的雄心壯志成了偏安自保。」齊子驍苦笑一聲。「你可知公子當時內心的苦楚與憤懣？」

他繼續道：「幾番劫難，幾經生死，雖然現在成了平頭百姓，但我從他臉上看到了比以前還要歡暢的笑，現在的日子比我懷念的過去還要好。」

「穆大哥。」齊子驍看向他。「我們還要回頭嗎？公子若是當了皇帝，還會笑嗎？」

齊子驍說完便趴在桌上睡了過去。

穆銘久久沒有言語，好一會兒才摸了摸他的頭，低聲道：「可我們總得為自己打算啊。」

只怕安王從來就不相信將軍是真的死了，他絕對不會善罷干休的。世外桃源固然吸引人，可總也得有命來享受吧？

年關將近，雲宓要齊子驍關了鋪子回家過年，稱為「休年假」，過了正月十五之後再開門。

齊子驍終於可以回家，臨走前，南文行替雲宓拉了一車年禮過來讓齊子驍送給盛子坤，齊子驍去的時候恰逢媒婆上門給盛心月提親，只見盛心月斜靠在椅子上，漫不經心地問道：「長得好看嗎？」

媒婆拿出畫像給她看，說道：「這人喜歡姑娘很久了，若不然以姑娘……」她輕咳一聲，沒往下說，但意思不言而喻——若不是真的喜歡妳，不然以妳的名聲哪會有人上門提親？

盛心月瞄向畫像上樣貌算得上英俊的人，冷笑一聲道：「倒是長得還可以，多大了？」

媒婆見盛心月沒提什麼「能不能為她斷一條腿」這種話，覺得有戲，忙道：「這公子是府城蔡家的獨苗，蔡家是做大買賣的，配得上姑娘。」

盛子坤也接過畫像看了看，皺了皺眉說：「比心月小兩歲，會不會不適合？」

「小有小的好啊。」媒婆忍不住腹誹：能嫁出去就不錯了，還挑這挑那的……「這蔡公子樣貌與品性都沒得說，妳嫁過去不僅能幫忙蔡家打理生意，說不定還能在府城開一家大茶舍……」

齊子驍就坐在一旁喝茶吃點心，等了好一會兒，見這媒婆還在絮絮叨叨，他又急著回南雲村，便忍不住打斷媒婆的話，對盛心月道：「行不行妳倒是給個話啊，磨磨唧唧的，不是只要肯為了妳斷條腿就行嗎？那就快讓他去斷啊？」

媒婆不禁瞪著齊子驍說：「關你什麼事啊？」

齊子驍嗤笑一聲道：「那妳回去告訴那蔡公子，只要盛家同意了這門親事，我們雲記的肥皂便再也不會在盛家的茶舍裡賣，妳看他們還應不應這門親事。」

媒婆啞然，好一會兒才訕笑道：「你這話說的……」

「我這話說得可真是聰明睿智啊。」齊子驍不耐煩道：「快點讓那蔡公子去斷條腿，斷完過來娶親。行了，去回話吧，我這兒還著急呢。」

媒婆最後怏怏地走了。

盛子坤見齊子驍這傻孩子竟然會維護盛心月，內心不禁燃起了希望，難不成這臭小子想通了？

「三郎啊，」盛子坤滿心期望地開口。「你……」

不等盛子坤說話，齊子驍便站起身，語速飛快道：「盛大哥，我二嫂給你們備了年禮，我讓人卸到院子裡了，我還急著回家呢，就先走了，告辭。」說完他轉身就跑，活像有鬼在身後追他似的——誰也別想阻止他回村的步伐！

盛子坤一時無語。看來……是他多想了。

一旁的盛心月忍不住笑出聲來，盛子坤瞪她一眼道：「笑、笑，就知道笑，妳不是看上人家了嗎？相處這麼些時日，妳、妳、妳就……」妳就不能讓這個毛頭小子開開竅？

盛心月站起身，整理了一下身上的衣裳說：「人家看不上我，我能怎麼辦？難道大哥的意思是讓我做一些……」

「閉嘴。」盛子坤氣得轉身走了。

盛心月在原地笑了好一會兒，才低聲道：「本不過開開玩笑而已，沒想到竟是難得的赤子之心，是我配不上了。」

要過年了，幾個小乞丐無處可去，家裡能住的房間也多，齊子驍便帶著他們一起返回南雲村。

因為齊朗家的緣故，村裡很多人今年都賺了不少銀子，手頭一寬裕，年也就過得豐富。村裡熱熱鬧鬧的，齊朗家也不遑多讓，這是雲宓來到這個世界過的第一個年，自然很是重視。

雲宓煮了好幾鍋茶葉蛋，不只讓穆銘帶回山寨，還分給村裡許多人家，齊子驍回來後，雲宓更是變著法地給他做好吃的，吃得齊子驍每天都樂陶陶。

穆銘當然不肯待在山寨裡，他跑到了南雲村，每天與齊子驍爭美食，蕭子長也摻了一腳，三人恨不得打起來，家裡熱鬧得像是集市一樣，亂哄哄的。

雲宓被吵得頭疼，忍不住跟齊淮抱怨。「你說這穆大哥跟蕭大哥怎麼感覺跟三郎一樣大的年紀呢？」二十好幾的人了，天天跟著齊子驍胡鬧。

「可能是因為還未成親的原因吧。」齊淮將雲宓扯過來讓她坐在腿上。「妳看成了親的我是不是就特別聽話呢？」

雲宓一拍腦袋道：「你說得對，他們年齡也不小了，該找個人管管他們。」

放在現代，二十七、八歲不算什麼，可是在古代，這個年齡過幾年可是能當爺爺了，這兩人竟然還沒成親。

雲宓很樂意當媒婆，但這兩人的婚事有些難辦，雖然他們如今都是平頭百姓，但過去畢竟是有頭有臉的人，用現代話來說那就是落魄貴族，尋常女子怕是入不了他們的眼。

見雲宓躺在床上發愁，齊淮不由得笑道：「別管他們了，管管我吧。」

「管你什麼？」雲宓抬眼看他。

卻見齊淮熄了燈，放下帷帳，俯身在雲宓唇上親了親。

雲宓頓時懂了。

翌日雲宓沒起來吃早膳，齊子驍端著碗麵條蹲在灶房門口一邊吃一邊探頭探腦道：「我二嫂怎麼還不起來？」

穆銘對著他腦袋一巴掌拍過去道：「你找你二嫂幹麼？」

「她不是說等過年了要殺羊給我做好吃的嗎？這都好幾天了，那羊還活得好好的。」

「吃吃吃，你就知道吃。」穆銘將吃了一半的麵放下。這麵啊，還是雲宓做的才美味。

「她說要做什麼好吃的了？」

「吃吃吃，你就知道吃。」齊子驍瞪了他一眼。

蕭子長也走過來蹲下道：「我看之前將軍畫了張圖拿去給鐵匠，說要做個鍋，鍋做好就有好吃的了。」

「為了吃的還得重新做鍋？咱們家不是有好幾口鍋嗎？」齊子驍指著灶房那口大鍋。

「二嫂做那一鍋的話，我都能全吃了。」

雲宓好不容易從床上爬起來，漱洗完後伸著懶腰來到院裡，就看到齊子驍、穆銘還有蕭子長三個人蹲在灶房門口，怎麼看怎麼像蹲在村頭閒聊的那些單身漢，得虧臉長得好，不然可就太丟人了……雖然他們的確都是單身漢啦。

她走過去，居高臨下地看著他們三人道：「我想好了。」

齊子驍一喜道：「妳想好要殺羊了嗎？怎麼做？需要用什麼鍋？那個大鍋就行，我不嫌棄。」

「吃吃吃，你就知道吃。」雲宓瞪他一眼。「我是說我已經為你們考慮好你們的終身大事了。」

「什麼終身大事？」蕭子長愣了一下。

齊淮聽到這邊的說話聲，從書房裡走了出來，雲宓對他招招手道：「齊二哥，我想了一晚上……」

「想了一晚上？」齊淮挑眉，她還有時間想一晚上？

雲宓白他一眼道：「我決定了，要去府城買宅子。」

# 第三十七章　新年許願

「去府城買宅子？」齊子驍皺眉。「咱不是剛買了山頭嗎？不住了？要去府城？我還是喜歡住這裡，夏天可涼爽了，要不然你們去吧，我自己住在這兒，不過妳得按時給我送吃的……」

「閉嘴。」雲宓一臉無語。「哪來這麼多話？」

齊子驍立刻噤了聲。

「我是說給你們三個買宅子，每人一座，然後在府城開一間像知之茶舍那麼大的雲記，以後你們就是掌櫃的，不僅有馬車、有宅子，還有事情做，這樣就不愁娶媳婦兒的事呀。」

這就叫有房、有車、有事業，懂不懂?!

瞧她打得一手好算盤，齊淮、穆銘跟蕭子長都說不出話來。不是說好不去府城做生意了嗎，這就反悔了？

齊子驍撓撓頭道：「是，他們是到了該成親的年紀，娶妻就娶妻唄，可是在這兒也能娶啊，幹麼去府城買宅子？要買也行，讓他們自己去，我還是要住在這裡的。」

蕭子長算是反應過來了，扶額一笑。

雲宓忙道：「我不是要催你們娶妻，娶不娶是你們的自由，但是我得先幫你們把該置辦的都置辦下，這樣想娶的時候就沒有後顧之憂了。對吧，齊二哥？」她轉而看向齊淮。

齊淮忍著笑點頭道：「雲娘說得對。」

穆銘想說些什麼，蕭子長已經站起來躬身行禮道：「謝夫人。」

「不客氣。」

雲宓笑咪咪地去庫房數銀子了，要在府城買宅子，可是一筆大支出。

「我不想娶妻，要娶就子長娶。」穆銘擺了擺手。

「你那天不是還說你要娶盛小姐？」齊子驍道。

「胡說什麼呢？」穆銘瞪大了眼。「我那是隨口開玩笑的，你不是不同意嗎？」

「我？什麼叫我……不同意？」齊子驍急了。「是你老牛吃嫩草！」

「誰是老牛?!」

穆銘隨手抄起了旁邊的竹竿，齊子驍也拿起了掃帚，兩人就這麼在院子裡打了起來，大壯聽到聲音後跑了過來，托著腮在一旁津津有味地觀賞這場戰鬥。

蕭子長忙遠離戰場，齊淮則是搖搖頭回書房去了。

不知為何，村裡的人都以為齊家要給齊子驍娶媳婦兒，於是各村的媒婆一一找上門來，恨不得將十里八鄉未出嫁的姑娘全送過來讓他挑。齊子驍的腿治好了，齊家如今事業又做得大，他自然是說親的好人選。

「為什麼是我？不是我們三個嗎？」齊子驍快要瘋了。

「畢竟你才是齊家的三郎啊。」穆銘幸災樂禍。「子驍，你也是要有媳婦兒的人了，要是娶了同村的女子，夫人就不用在府城給你買宅子了，你能一輩子住在這裡。」

雲宓瞪了穆銘一眼，然後安撫齊子驍。「雖然這種狀況是我從未想到的，但也不是什麼壞事啊，你多看看，總有你喜歡的，不然你可以當幌子，讓蕭大哥和穆大哥瞧瞧有沒有中意的，對吧？」

齊子驍無言以對。誰愛娶誰娶，反正他不娶！

媒婆差點兒將齊家的門檻踏破了，誰知那三個光棍絲毫沒有反應，每次問他們，都說沒相中。

雲宓覺得這樣不行，畢竟穆銘和蕭子長算是出身不錯的人，可能是跟鄉下姑娘沒什麼共同語言吧，還是要去府城裡找才好。

「這樣吧，蕭大哥、穆大哥，告訴我你們喜歡什麼樣的姑娘，有個範圍我也好參考啊。」

穆銘與蕭子長對視了一眼，齊齊嘆了口氣。

他們知道夫人是好意，二十好幾的人不娶妻似乎真的說不過去。

齊淮對這件事不聞不問，頗有些樂觀其成的意思，找他肯定沒什麼用，還是要自己想辦法。

於是翌日一大早，雲宓就看到穆銘扶著腰，從蕭子長的房間裡走了出來。

雲宓張大嘴巴老半天，接著便將再上門的媒婆都趕走了，她是一個新時代女性，沒什麼接受不了的。

「為什麼是我扶著腰出去？」穆銘覺得很不滿。

「我不如你會演戲，怕演砸了。」蕭子長如是道。

穆銘嗤了一聲，然後有些迷茫地說：「你說咱倆為什麼不娶親呢？」

蕭子長自顧自地斟著茶水道：「大業未成，何以為家。」

「也是。」穆銘端起蕭子長斟好的茶一飲而盡。「那將軍為什麼能娶妻？」

蕭子長猶豫一瞬，不確定地說道：「以色侍人……廣納良才？」

穆銘眉頭緊緊蹙了起來，好一會兒才點頭道：「確實，夫人是個良才。」

兩人在屋內對飲，齊淮則是在屋外扶額長嘆——聽聽，這說的還是人話嗎……

大年三十這天，雲宓起了個大早，專心準備年夜飯。她還把齊老頭、顧三娘母女和趙玉軒主僕二人都請了過來，覺得大家一起過年才熱鬧。
家裡殺雞宰羊的，還特地買了一頭豬殺了。
羊肉和豬肉放進有冰塊的缸裡，冷凍過後切成肉卷，嫩肉用各種調製好的醃料醃製，有蜜汁跟香辣口味的，還有黃喉、羊毛肚、蝦滑、魚丸、馬鈴薯、豆皮等各種材料。
蓉蓉將這些生的食材端上桌後，齊子驍忍不住皺眉道：「這是，生吃？」
「對啊，生吃。」雲宓對他挑了一下眉。「等會兒保證讓你一輩子都忘不掉。」
齊子驍嘿嘿笑道：「求之不得。」
聞言，大夥兒笑成一團。
用大鍋炒火鍋底料再放入銅鍋，一共三個鍋，湯底分別是番茄、菌菇跟麻辣。
芝麻醬、辣椒末、蠔油、香菜、韭菜花、糖醋汁、蒜泥、辣椒油、香油、碎花生、香菇醬、辣椒醬……各種調料應有盡有。
雲宓端起齊淮面前的小碗站起來道：「要先調料汁，有很多種吃法，大家自己隨意搭配。」說著，她盛了一勺芝麻醬到碗中，開始調配醬料。
眾人見狀，紛紛學著她的動作製造專屬醬料。
調配好醬料後，銅鍋已經煮沸，屋內飄散著濃郁、清新、辛辣等不同香味，讓人忍不住嚥了嚥唾沫。

雲忘挾起一塊羊肉卷放入鍋內，不過須臾便挾了出來，薄薄的肉片已然熟了，她蘸了碗中的醬料然後餵到齊淮嘴邊道：「來，相公，嚐嚐。」

大夥兒的視線都停留在雲忘的筷子上，也沒有人覺得她的舉動有何不妥，反而催促起齊淮——

「快嚐嚐什麼味道。」

「是啊，嚐嚐以後告訴我們！」

齊淮張開嘴咬住肉片，鮮嫩的肉質加上鹹香的蘸料，口感絕妙，他一時之間竟想不出任何形容詞來。

眾人看到齊淮驚嘆的表情，不用他開口，下一刻紛紛如法炮製，接著響起了此起彼伏的誇讚聲——

「太好吃了……」

「世間怎會有如此美味的東西！」

「好好吃，我當乞丐這麼多年，竟然吃到了連神仙都吃不上的東西，好感動喔，嗚嗚嗚……」

蕭子長閉眼感慨道：「此鍋只應天上有……」

齊子驍含糊不清地接話。「不用天上，我二嫂啥都會做。」

穆銘一筷子挾走蕭子長盤中最後一顆蝦滑，說道：「別酸了，有得吃就趕緊吃吧！」

蕭子長不禁在心裡罵道：一群莽夫。

接下來再也沒人說話，大家埋頭苦幹，中途蓉蓉又去切了好幾盤肉，齊子驍最後吃得靠在椅背站不起來，直打飽嗝。

不知何時，外面下起了大雪，大夥兒圍著熱呼呼的鍋子，一邊吃一邊守歲。

這是雲宓在這裡過的第一個年，齊淮塞了一個暖手爐給她，牽著她的手步入院中。

「要不要許願？」齊淮拂去雲宓髮絲上的落雪。

「許願？對著哪兒許？」雲宓道。眼下又沒有流星。

齊淮笑了笑，說道：「妳等我一會兒。」

他進書房拿了兩盞孔明燈出來，雲宓驚喜地問道：「你什麼時候做的？」

「早就做好了。」齊淮握住雲宓的手說：「想寫什麼？」

「難道你要握著我的手寫嗎？」雲宓嗔道：「我要自己寫，你不許看。」

「會寫嗎？」齊淮笑道。

雲宓瞪他一眼，推開他，自己拿了筆躲著齊淮往孔明燈上寫字。

屋內的人聽到外面的動靜，都走出來查看，只見雲宓披了一件水藍色的斗篷，與一襲白衣的齊淮站在雪地裡藉著月光寫字。

蕭子長手執一杯酒靠在門邊，看著這一幕，嘴角泛起一抹笑意。

「怎麼了，羨慕？」穆銘挑眉。

「羨慕什麼？」蕭子長晃著酒杯，淡淡一笑。「只有得不到才會羨慕，我們身處其中，不會羨慕，只覺得心安。」

他伸出手，感受著雪落在手心的涼意，輕聲道：「穆銘，我的心從未像現在這般平靜過。」

穆銘沈默一瞬，跟他碰了一杯，一飲而盡。

齊子驍則是醉醺醺地嚷著也要放孔明燈。

孔明燈被點燃，緩緩向空中而去，齊淮抬頭，兩盞孔明燈晃悠悠轉了個方向碰撞在一起，相攜著飄向遠方。

但願人長久！這是雲宓的心願。

願雲娘平安順遂！這是齊淮的心願。

蕭子長看向一旁一直安安靜靜站著的趙玉軒，問道：「世子許了何願？」

趙玉軒似是有些愣怔，好一會兒才輕聲道：「願父王與母妃福壽綿長，願……天下太平、百姓安樂。」

蕭子長勾了勾唇，踢了踢穆銘道：「你許了什麼願望？」

「我？來年在這山上養一群羊，天天吃火鍋。」穆銘道。

蕭子長對他豎起了大拇指道：「穆副將志向遠大，在下佩服。」

穆銘不理會他的冷嘲熱諷，問他。「你呢？許了什麼願？」

「願……」蕭子長思索了一下。「這世上之人都能吃得上馬鈴薯。」

穆銘點了點頭。這確實是個偉大的願望。

不遠處，齊子驍抬頭對月亮大喊：「我希望……二嫂早生貴子！」

雲宓倏地轉身瞪他。這小屁孩！

春節是一年中最清閒的日子，村裡的人串門子拜年，孩子們玩耍笑鬧，而雲宓則不斷做些好吃的，像是獅子頭、番茄雞煲、紅豆沙包、魚肉餃子、芝麻南瓜餅、馬鈴薯絲煎餅……一家人每天睜開眼睛想著的第一件事情，便是今天吃什麼。

閒著沒事做的穆銘和齊子驍去買了幾隻小豬仔養了起來，齊子驍無聊時就跑過去對著牠們碎碎念。

「快點長大，長大了好被我吃掉。」

雲宓看著齊子驍，心想這小屁孩想吃的想瘋了。

除了做吃的，雲宓還跟著齊淮讀書識字，這陣子她進步很多，自己看書已經不成問題，就是字仍寫得不成樣子。

「手腕好瘦啊。」雲宓將毛筆一扔。「算了，不練了，我永遠不可能寫得跟你一樣的。」

齊淮俯身將她抱起來，雲宓摟住他的脖子，衝他笑道：「幹麼？」

他在她唇上親了親，說道：「給妳畫幅畫好不好？」

「好啊。」雲宓摟緊他。「畫得漂亮些。」

齊淮將雲宓放在貴妃榻上，又吻了她一下後，才將她放開。

雲宓躺在那裡擺起了妖嬈的姿勢，問道：「這樣行嗎？」

「這樣呢？」

「要不這樣吧？」

齊淮不禁撐著桌子笑起來，雲宓瞪他一眼，停止了動作，側身躺在榻上看著他，酸不溜丟地說道：「我知道我長得不好看，既沒有大家小姐的才情，也沒有……」

「妳是最好的。」齊淮打斷雲宓的話，勾起唇淺淺地笑。「是這世間專屬於我，唯一的，最好的。」

雲宓的臉瞬間紅了起來。這甜死人的情話怎麼能張口就來呢？

齊淮垂眸執起了筆。他時不時抬頭看向雲宓，雲宓一直笑盈盈地望著他，屋內的氣氛溫馨而曖昧。

蕭子長坐在院中的石桌前煮酒，透過半開的窗櫺看到這一幕，忍不住對大壯招了招手，讓大壯去拿紙筆，接著在石桌上畫了起來。

趙玉軒原本想跟雲宓談點事情，沒找到她，卻瞧見正在畫畫的蕭子長，不由得走了過去。畫紙上，日光透過窗櫺灑在相視而笑的兩人身上，靜謐而美好。

蕭子長頭也未抬，繼續在紙上畫著，問道：「世子有何事？」

趙玉軒有些恍惚地說：「你畫得真好。」

「是嗎？」蕭子長勾了一下唇。「我家公子畫得更好，你可以過去瞧瞧。」

趙玉軒遲疑了一瞬，緩緩走到窗櫺前，輕輕推了一下窗子，視線落在桌面的畫紙上。

蕭子長的畫是夫妻情深，而齊淮的畫中女子則嬌俏靈動，一顰一笑皆若真人。

「好看嗎？」齊淮突然開口。

「好看。」趙玉軒下意識回答後，回過神來，忙道：「我是說你畫得好看。」

放下筆，齊淮轉身看他，趙玉軒有些畏懼地往後退了一步。

齊淮看了他一眼，拿過桌上一本書自窗前遞給他道：「今天看完，明日過來說與我聽。」

趙玉軒不知道齊淮為什麼要給自己書，也不知道為什麼要說與他聽，卻乖巧地拿了書，躬身行個禮後轉身走了，將他來找雲忞的事情忘了個乾淨。

當趙玉軒離開齊家時，正好遇到南文錦，南文錦看到他手裡的書，問道：「這是齊二哥借給你的？」

「嗯。」趙玉軒點頭。

「齊二哥人很好的，我之前也經常找他借書。」南文錦道：「他家裡書多，也捨得花銀子買書。」

「他說讓我看完，明天說與他聽，要說什麼？」趙玉軒問。

「啊？」南文錦撓撓頭，想了一會兒才道：「齊二哥學問很高的，他是不是要教你啊？」

說著，南文錦猛地瞪大了眼睛。「軒哥兒，我跟你一起看吧，明日我也來。」

趙玉軒搖頭道：「他很討厭我，肯定不是想教我。」

南文錦皺眉，討厭他會給他書看？怎麼可能！書可是稀罕物品，讀書人不可能隨便將書借出去的。

「算了，別想了，咱們一塊兒看。」南文錦拉著趙玉軒走了。

翌日，趙玉軒與南文錦頂著黑眼圈來到了齊家，兩人站在齊淮的書房裡，齊淮坐在書桌後，並沒有問南文錦為什麼會跟著來，只道：「昨日的書可看完了？」

趙玉軒點點頭，南文錦道：「我們一起看的，我也看完了。」

齊淮頷首道：「你們將庫房裡的桌椅搬來，然後喊雲娘來上課。」

趙玉軒和南文錦對視一眼，只見趙玉軒還有些懵，南文錦卻興奮了起來，齊二哥真的要教他們嗎？

兩人去庫房搬了三套桌椅擺在書房，雲宓也被喊了過來，平常只有她一個人跟著齊淮學習，今日多了兩個人，雲宓很是開心，對他們道：「喊師姐。」

趙玉軒和南文錦畢竟還小，竟然乖乖地喊了聲。「師姐。」

雲宓忍不住笑得瞇起了眼睛。

齊淮眼中泛起一抹笑意，臉上卻沒什麼表情，只道：「好了，去位子上坐吧。」

三人一坐好，蓉蓉便端了羊乳糕、羊乳茶、蜜餞、肉乾等各種點心擺在雲宓桌上，平常她跟齊淮上課時就是這種待遇，一邊吃一邊學。

今日齊淮也未阻止這種行為，於是雲宓跟往常一樣吃吃喝喝，快樂得很。

見到雲宓這般，趙玉軒和南文錦時不時就往她那兒瞄一眼，很難靜下心來，尤其是他們都知道雲宓做的東西有多好吃。

齊淮只當沒瞧見，一下課就考試，可想而知，注意力全在雲宓那些吃食上的兩人根本就答不上來。

「若明日還想繼續來學，便去院裡罰蹲馬步一個時辰；若不想來學，盡可以離去。」齊淮道。

趙玉軒和南文錦怏怏地來到院中，自願蹲起了馬步。

蕭子長拿了根竹條，毫不留情甩在兩人身上道：「蹲板正一點。」

趙玉軒何曾被人這麼對待過，冷著臉看向蕭子長，蕭子長笑了一下道：「堅持不住可以走。」

趙玉軒咬了咬唇，身體蹲得更低了些。

南文錦不曉得趙玉軒在想什麼，但他知道齊家有很多有本事的人，齊二哥願意教他是自己幾世修來的福氣，別說蹲馬步了，讓他不吃不喝去半條命都行。

因為自己的緣故讓兩人受罰，雲宓很是過意不去，翌日便不讓蓉蓉再給她準備吃食，沒想到上課時蓉蓉還是像往常一樣端了餐點過來。

雲宓小聲道：「不是不讓妳給我送吃的了嗎？」

蓉蓉也小聲回她。「是公子吩咐的。」

雲宓看了齊淮一眼，若有所思。

有了昨日的教訓，趙玉軒和南文錦努力不去看雲宓桌上的吃食，但那些東西誘惑實在太大了，尤其是雲宓品嚐時那細碎的聲音更是折磨人，於是兩人又被罰了。

雲宓站在窗邊看著院中咬牙堅持的兩人，不禁感慨道：「天將降大任於斯人也，必先苦其心志，勞其筋骨，餓其體膚啊……」

# 第三十八章　政局動盪

正月十五後，齊子驍與穆銘各自返回泗寧縣跟龍虎山，繼續做起了生意。

入了三月，天氣漸漸暖和，齊朗雇了很多人開墾出要種東西的地，雲宓將靈泉水倒入水中，事先將那些土地灌溉了一遍。

茶農夫婦從他們那裡移植了許多茶樹過來，穆銘也託人去外地買了很多茶樹，雲宓又特地劃出一片地，種上蕭子長蒐集的種子育出的茶樹苗。

馬鈴薯、番茄跟南瓜又種上了一茬，山上也按照齊淮的計劃劃分區域，圈好了地方，用來養殖雞、鴨、羊、豬。

無論是種作物還是養家畜，家裡都沒有足夠的人手，齊淮和蕭子長這氣質不符合挽著袖子拿鋤頭的形象；蓉蓉和大壯雖然能幹，但到底是女孩子跟小孩子，不能太過勞累；至於那幫山匪更不可能過來，所以只能僱人。

蕭子長帶回來的種子裡有西瓜籽，雲宓讓齊朗找了合適的沙地種上去，蕭子長則開始記錄各種植物的生長習性。

七月天氣正熱時，雲宓又開始變得毫無生氣，這次她不只厭食，還噁心嘔吐，不過半個月就瘦了七、八斤。

齊淮忍不住擔憂地說：「是天熱得妳受不了嗎？」

只見雲宓懶懶靠在榻上，看著窗外轉動的水車道：「我不熱……不，我熱，我心裡燥熱。」

雲宓明顯煩躁難安，上課時總是沒什麼精神，一刻鐘後一定會趴在桌上睡過去。

齊淮想把她抱回房間休息，誰知雲宓沒了讀書聲卻不能入睡，於是齊淮便在書房內放屏風，讓雲宓躺在屏風後的軟榻上，要趙玉軒和南文錦讀書哄她睡覺。

此時的趙玉軒和南文錦面對雲宓那些吃食時，已經能視而不見了，可讀書哄人入睡卻是頭一遭。人在屋簷下，不得不低頭，他們還要根據雲宓的睡眠深淺，調整讀書聲的大小……

齊淮覺得雲宓狀態不太對，傳了信去龍虎山，隔日席成便來幫雲宓把脈，把完脈後欣喜異常地說：「恭喜將軍，夫人有孕了。」

雲宓摸著自己的肚子，驚喜地抬頭道：「齊二哥……」她很高興，卻見齊淮模樣有些古怪。

「你表情幹麼這麼嚴肅？」雲宓不解。

齊淮看向雲宓，愣怔了好一會兒，才如常地摸摸她的頭，對席成道：「這些日子你就住在這裡，不要回山上了。」

席成忙不迭地點頭道：「將軍說得對，夫人有孕我自然要留下，到時候小公子或小小姐也需要我，我可以一直待著。」他才不想回山上呢，夫人在哪兒，哪兒就有好吃的。

雲宓本以為齊淮應該會高興到跳起來，可他怎麼是這種反應？難道不喜歡她有孕嗎？不過她很快就把這種疑慮拋在腦後，開心自己有了身孕，要生寶寶了。

原本雲宓以為齊淮是對當爹沒概念，是以沒什麼感覺，但齊淮越來越奇怪，天天跟在雲宓身後轉，嘴上不說什麼，卻暗地禁止雲宓一些行動，像是怕她有個好歹似的。

不僅如此，雲宓也沒從他臉上看出一點要當爹的喜悅，反倒焦躁難安……嗯，不正常，很不正常。

齊子驍得知雲宓懷孕的消息，開心得不得了，得信當日就駕著馬車屁顛屁顛地跑回了南雲村，說要慶祝一下。

雲宓看到齊子驍那滿是笑容的臉，覺得這才是當爹的人該有的樣子，當然，齊子驍是有些興奮過頭了。

「等他生出來，我就把他帶去縣裡跟我玩，幫二嫂看孩子……」

齊子驍樂顛顛地幻想著，就被齊朗打了一下腦袋。「閉嘴吧，用得著你嗎？」

想了想，雲宓將齊子驍拖到後院，齊子驍忙道：「妳慢點兒，別磕著碰著，懷孕的人很脆弱，一定要小心。」

雲宓翻了個白眼說：「你懂什麼啊。」

「我怎麼不懂了？」齊子驍回懟道：「我見過的可比妳見過的多多了。」

雲宓不想跟齊子驍瞎扯，拉著他小聲問：「三郎啊，你二哥是不是不喜歡孩子？」

「啊？」齊子驍愣了一下。「為什麼不喜歡？孩子多好啊，怎就不喜歡了？難不成……這不是我二哥的孩子？」

不等齊子驍自己抽自己的嘴巴，雲宓已經抄起一旁的掃帚往他身上打了過去，邊打邊道：「我讓你胡說……臭小子，我讓你胡說！」

齊子驍想跑又不敢跑，怕雲宓為了追打他而出狀況，於是站在原地吱哇亂叫地任她揍。他的喊叫聲驚擾了屋內的人，大夥兒各自從不同的地方跑了出來，沒多久，齊朗、齊淮、席成、蕭子長、蓉蓉跟大壯全員到齊。

齊淮疾步上前握住雲宓的手腕，上下打量她，緊張道：「怎麼了？哪裡不舒服？」

「沒事，開玩笑呢，是吧，三郎？」雲宓瞪著齊子驍。

齊子驍自知理虧，伸出手。「要不，妳再打幾下？」

雲宓衝他皺了皺鼻子，轉而抱住齊淮的胳膊道：「我好睏。」

齊淮頓時慌張起來，回頭道：「席成……」

席成忙道：「有身孕時犯睏是正常的。」

「那她剛才打人會不會傷到自己？」齊淮又有些擔憂地問。

齊淮這荒唐的說法卻讓齊子驍也緊張了起來，說道：「是啊是啊，她剛才抬胳膊了，會不會有事？席大夫快瞧瞧！」

雲宓跟席成頓時無語。這……大可不必。

事實證明雲宓健康得很，她除了有些貪睡之外沒有任何不適，但齊淮就是放不下心，半夜雲宓睡醒時還會被盯著她看的齊淮給嚇得一哆嗦。

雲宓覺得再這麼下去，自己都還沒生產呢，齊淮就要出毛病了，她也是。現在她已經不被允許下廚，平日就是躺在書房的軟榻上聽南文錦和趙玉軒讀書，她覺得自己快要抓狂了。

就在雲宓打算跟齊淮好好聊聊的時候，蕭子長先找上了她。

蕭子長讓趙玉軒與南文錦在腿上綁了沙袋去院裡跑步，自己則來到雲宓跟前笑道：「夫人，有時間聊幾句嗎？」

雲宓嘆口氣，扔下手裡的南瓜子道：「我可太有時間了。」

蕭子長笑了笑，在桌前坐下。

「聊什麼？」雲宓托著腮看著他。「是聊我家相公在我懷孕之後的反常行為嗎？」

蕭子長笑了笑，說道：「我聽子驍說了妳問他的事情，他小孩子脾性，有些話說得不恰當，夫人別往心裡去。」

雲宓擺手說：「沒事，我也打他了。」

她嘆了口氣道：「我之前覺得齊淮可能是不喜歡孩子，但後來又覺得不太像，他似乎覺得懷了孩子像是一種負擔，不准我做這個、不准我做那個，我不過是動一下，他就表現得我像是要散架了似的。我以為只有他有這個毛病，但三郎回來後，我發現三郎好像也不太對勁，不愧是從小一起長大的。」

蕭子長替雲宓倒了杯水，自己也拿起杯子，喝了一口後才道：「這事，得從幾年前說起。」

雲宓一愣，繼而皺眉道：「還有隱情？難道他成過婚，有過娘子、生過孩子？」

蕭子長忙搖頭。「自然不是，我們將軍是清白人家的公子，只娶過妳一個，把妳當眼珠子疼呢。」

「喔，那就好。」雲宓的手在小腹上撫了撫。「寶貝兒，別怕，你爹還是個好爹，以後應該也會是。」

蕭子長忍不住笑出聲來。

笑完後，蕭子長嘆道：「當年將軍和子驍剛剛來到軍營，就趕上外族在邊陲的村子裡燒殺搶掠，大將軍為了鍛鍊將軍，便讓他帶了一支小隊前往，負責移送那些被救下來的百姓。被移送的那些人多是婦孺傷患，也是巧了，裡面竟然有三個婦人有孕。」

本不知蕭子長用意的雲宓聽到這裡猛地抬起了頭。

「三個婦人，一個十月懷胎馬上就要臨盆，長年的戰亂、失去丈夫的驚懼，導致一屍兩命；另一個在奔走的路上摔了一跤，不幸流產，趕了兩天路後也死了；剩下一個提早臨盆又難產，足足喊叫了兩日，房間裡端出一盆又一盆的血水……將軍與子驍就在旁邊目睹這一切。」

雲宓心口有些發堵，當時他們年紀還很小啊……

「活了嗎？」雲宓問。

「活了孩子。」蕭子長閉了閉眼。「母親大出血死了，那孩子讓村裡人抱回去養了，也不知道現在是不是還活著。」

雲宓久久未言語，也不知道該說什麼，只輕輕撫摸著小腹。

「我跟夫人說這些沒別的意思，只是覺得將軍不會跟妳解釋這些，我怕妳誤會，你們感情那麼好，他怎麼會不喜歡妳和他的孩子呢？」

與雲宓談完之後，蕭子長以為雲宓會和齊淮溝通一下，但幾天下來，似乎沒有什麼變化……不，變化也是有的，就是雲宓反而更慣著齊淮了。

之前齊淮的行為有些無理取鬧，比如不准雲宓下廚房、不准她多走動，能躺就不要坐，能坐就不要站，雲宓對此是有些小抱怨的。然而談完之後，蕭子長發現雲宓不再有怨言，對齊淮的任何要求都無條件答應。

邱雪那邊做肥皂時出了點小問題，來找雲宓過去瞧瞧，雲宓當場拒絕。「嬸子，我懷孕了，不便走動，我讓齊二哥去看看。」

也不知道誰把這話傳出去了，整個南雲村都說雲宓懷孕後走路要人扶著，喝水也要人餵到嘴邊去，私下裡還議論這雲娘可真嬌貴啊。

齊淮見雲宓如此乖順，內心的不踏實感減緩許多，也不再那般夜不能寐了。

蕭子長覺得雲宓這個姑娘年紀雖然小，卻很是聰慧。他看得出來，雲宓不太能閒下來，她喜歡在廚房裡弄些東西讓人吃，大家開心她就高興，平時她也喜歡到處轉轉，與小孩子玩玩鬧鬧，現在每天只能靜靜待著，對她而言其實也是一種挑戰。

思索過後，蕭子長執起筆在之前那幅畫作上提了一首詩——

得成比目何辭死，願作鴛鴦不羨仙。

蕭子長將畫裱好拿去送給雲宓，雲宓看到這幅畫眼睛都笑瞇了起來，說道：「蕭大哥，你什麼時候畫的？」

畫中她斜倚在躺椅上，而齊淮正在畫她，兩人的視線在半空中交會，相視而笑，半開的小窗處還有一株紅梅，雲宓怎麼看怎麼喜歡。

「隨手畫的，算是補給你們的新婚賀禮。」

「謝謝。」雲宓心情愉悅地拿著畫去找齊淮，將畫掛在了臥房裡。

八月中旬，移植過來的茶樹第一次採摘，那茶農過來查看時說道：「這些茶樹換地方長得倒是越發好了，看著品相比咱們那裡要好很多啊。」

雲宓笑了笑沒說話，被靈泉水澆灌過的茶樹，自然與眾不同。

採茶、製茶都由茶農夫婦經手，雲宓只偶爾在齊淮的陪同下過去看一眼。

馬鈴薯又熟了一茬，自家的山頭已經種不下了，齊淮和雲宓找了南世群來商量，將村裡人召集在一處，打算由南雲村村民種植馬鈴薯。

村裡人或多或少都吃過齊家的馬鈴薯，知道這是個稀罕玩意兒，聽說自家可以種，都驚喜無比。

南世群道：「馬鈴薯的種植難度不高，產量也大，好吃還易儲存，雲娘和二郎將種植馬鈴薯的方法教給大家，不收各位的銀子，但有個條件，那就是馬鈴薯成熟後每家要交一百斤給齊家，你們回家考慮考慮，覺得合適的就來領馬鈴薯，簽契約書。」

「一百斤？一共才能收成多少啊？就要給他們一百斤？」

有人吆喝了一聲，南世群看了過去——得，是呂桂蘭。

南世群正打算解釋，王惠蓮便迅速撥開人群走上前道：「我們家種。」

跟著雲宓做豆腐乳與腐竹來賣的那些婦子見狀，忙圍了上去道——

「我們家，我們家也種！」

「對，還有我們家！」

其他人早就眼饞這些跟著齊家賺錢的人很久了，哪還管什麼交一百斤不一百斤的，他們只知道齊家從來不坑人，跟著幹就對了，於是全圍了過去，生怕晚一點就搶不到了。

呂桂蘭咬牙切齒，但又不想錯過這次機會，只能跟著擠上去，一邊擠還一邊罵道：「雲宓這個小蹄子，白養她這麼大了，白眼狼……啊！」

話沒說完，呂桂蘭就被人從後面踹了一腳直接匍匐在地上，但村裡人都忙著往前擠，哪有人管她，她被踩了好幾下，好不容易才哀號著滾到了一旁。

沒人發現呂桂蘭的窘樣，只有一旁的趙玉軒悄悄收回腳，拍了拍衣袍。

呂桂蘭再爬起來跑過去時，馬鈴薯已經分完了，她還想撒潑打滾，卻發現齊家根本無人到場，在里正這裡鬧脾氣也沒用。

翌日，南世群再次將大夥兒召集到自家，開始教導如何種植馬鈴薯，村裡人學得很認真，而常年種地的他們察覺很多雲宓不知道的問題，還自己加以改善。

很快的，南雲村的地裡都種上了馬鈴薯，一眼看過去全是綠綠的小芽，洋溢著希望的氣息。

西瓜熟了，放到井裡冰鎮過後，甜潤多汁又消暑。

雲忘讓大壯駕馬車給盛家還有齊子驍送了瓜果及吃食去縣裡，大壯早上去的，齊子驍晚上就跟著馬車回來了，還帶回一個重大消息。

「你說慶陽王入了大獄？」齊淮皺眉。

「對，已經是一個月前的消息了。」齊子驍點頭。

「因為什麼？」

「謀逆之罪。」

「謀逆？」蕭子長冷笑一聲。「慶陽王向來膽小，怎會謀逆。」

「怕不是因為自己的兒子失蹤了？」齊子驍猜測。

齊淮搖頭道：「慶陽王是安王最後一個要除掉的對象，沒了慶陽王，安王就再也無所顧忌了。」

「公子的意思是安王要動手了？」齊子驍道。

蕭子長眯了眯眼道：「將軍，這件事要不要告訴世子？」

雲宓一直在旁邊坐著，聽到「世子」兩個字，不由得直起了身體。這些日子趙玉軒天天來上課，雲宓已把他當成家裡的一份子，很是為他緊張。

齊淮思索一番，問道：「豐川那邊如何？」

「不知道，穆大哥說去打探一下，這兩日應該有消息。」齊子驍道。

「豐川那邊一直不怎麼安分，所以安王才會忌憚慶陽王，現在慶陽王進了大獄，他們不可能坐以待斃。」蕭子長道。

齊子驍若有所思道：「豐川那邊若想做什麼，必須師出有名，要是安王真的謀逆，豐川要麼以慶陽王的名義討伐，要麼以世子的名義出兵……他們現在一定會全力尋找世子。」

「他們想讓世子做皇帝？」雲宓忍不住開口。

蕭子長道：「是做皇帝沒錯，不過是做傀儡皇帝。」

見雲宓不解，齊淮解釋道：「世子的外祖父家在豐川一地頗有名望，這些年朝廷不作為，想謀反的人不在少數，但都沒有光明正大的理由，這次慶陽王出事，安王只要一有小動作，他們便能打著清君側的名頭入京，世子是皇室子弟，屆時能名正言順地繼承皇位。」

「皇上沒有兒子嗎？」雲宓問。

「有。」蕭子長接話。「但安王不會讓他們活著的。」

雲宓無語。行吧，電視劇也是這麼演沒錯。

「公子，這是個機會，現在世子在咱們手裡……」齊子驍對上齊淮清冷的視線，聲音越來越低，最後求助似的看向蕭子長。

蕭子長無聲地嘆了口氣。

齊淮的態度不明朗，蕭子長和齊子驍也猜不透他的意思，談話就這麼結束了。

晚上，雲宓坐在床邊，齊淮蹲在地上為她洗腳。這幾天雲宓的腳有些腫脹，睡前齊淮都會先用熱水讓她泡一泡，再幫忙按摩一番。

雲宓有些憂心道：「齊二哥，你是不是不打算將慶陽王的事情告訴軒哥兒？」

齊淮抬頭看她，雲宓伸手摸摸他的臉，好一會兒才嘆了口氣道：「我知曉穆大哥和蕭大哥的想法，至於三郎，我一直以為他除了吃喝玩樂就是管著鋪子，但到了今天我才知道不是這樣的，三郎也有他的想法與抱負。」

「齊二哥。」雲宓雙手捧住他的臉道：「你想去做什麼就去做吧，我支持你，要是缺錢我就賺銀子，茶葉現在也能賣了，我還會釀酒……」

齊淮起身在雲宓唇上親了親，然後拿過絹布擦拭她的腳，抱起她放在床上。

倒完水回來，齊淮才坐在床邊將雲宓抱入懷裡，手在她小腹上輕輕摸著道：「妳有身孕，不要勞心費神，事情沒有妳想的那麼簡單。」

雲宓看著他說：「別管簡單還是難，我只問，你想嗎？」
齊淮靜靜看了她一會兒，輕聲道：「雲娘，我想這世上能有一個好皇帝。」
雲宓看他一眼，摸著肚子重重點頭道：「無論你做什麼，我和孩子都會支持你的。」

# 第三十九章　終須一別

關於慶陽王的事情，齊淮等人並未告知趙玉軒，但趙玉軒那裡每天人來人往的，自然聽到了些消息。

不過幾天，趙玉軒便瘦了好幾斤，本來他就在長身高，這一瘦就顯得弱不禁風。

雲宓於心不忍，讓蓉蓉給他做了許多美食，但趙玉軒胃口不好，連一向喜愛的紅燒肉都吃不了幾口。

趙玉軒得知慶陽王入獄一事後的第六天，他來到齊淮的書房，撲通一聲跪倒在地。

原本蕭子長正在與雲宓下棋，齊淮從旁指導，下到最後，雲宓已經成了局外人，蕭子長和齊淮的戰況陷入膠著。

見趙玉軒跪了下來，兩人便收了手看向他。

「老師。」趙玉軒直起腰身看著齊淮。他在這個書房裡當了很久的學生，卻從未開口喊過齊淮一聲老師。

齊淮凝視著他，端起茶杯喝了一口茶。

「我……」趙玉軒閉了閉眼。「若你能救我父王，我會想辦法讓豐川助你一臂之力。」

齊淮與蕭子長對視一眼，只見蕭子長輕笑一聲道：「本以為最多不過三天你就會來找我們，沒想到竟然能挺到六日，心性磨得不錯。」

趙玉軒抬眼直視他道：「父王境況如此，我焦急也無用，不如想好對策。」

蕭子長對齊淮讚許地點頭說：「教得不錯。」

齊淮臉上沒什麼表情，道：「你讓豐川助我一臂之力？你確定你外祖父會聽你的？」

「他們自然不會聽我的，但離了我也不行不是嗎？」趙玉軒道。

「既如此，我們又為何要相信你？」蕭子長不知從何處找把扇子搖了起來。「想利用我們？」

趙玉軒沈默一瞬後苦笑道：「外公和舅舅的心思我母妃清楚得很，他們不過是想利用我和父王來謀逆罷了，即便真的讓我坐上了那個位置，也不過是個傀儡而已。」

蕭子長勾唇道：「你倒是聰明，那你覺得你跟我們站在一個陣營就不是傀儡了？」

趙玉軒垂下眼眸道：「舅舅若真的得償所願，父王斷然不能活，即便活了，怕是也生不如死，但……」

他抬頭看著齊淮說：「周家軍一向寬厚，我想將軍應是能留我父王與母妃一命。」

雲宓瞪大了眼睛，趙玉軒是如何得知齊淮身分的？

相較於雲宓的吃驚，蕭子長和齊淮倒是沒什麼太大的反應。

「你何時得知的？」雲宓忍不住問。
趙玉軒看她一眼，沒說話。
蕭子長淡笑一聲道：「怕是當初被將軍趕出去，又折返回來時便猜到了吧。」
趙玉軒還是沒開口說話，但看神情已經默認了。
雲宓不敢置信道：「軒哥兒，蕭大哥說的是真的嗎？」若真是如此，趙玉軒這心思可真不是一個小孩能有的。
趙玉軒緘默了一會兒，才道：「周將軍有一副將姓穆，有一軍師姓蕭，略一聯想就能猜到，而且……」他望著齊淮。「老師從一開始便沒想在我面前隱藏身分。」
對於這番說法，齊淮也沒否認。
雲宓前後細想之後，心中不由得感嘆：這些人都是狠角色啊。
趙玉軒盯著齊淮不放，雲宓也朝齊淮看過去——接下來該怎麼辦？
沒多久，齊淮站起身道：「朝堂局勢不是一朝一夕就能變的，等著吧。」
齊淮走過來牽起雲宓的手說要去河邊散步，雲宓回頭看向趙玉軒，就見他從地上站起來，默默走到桌前坐下看起了書。
這讓雲宓說不出話來了。厲害啊，軒哥兒是怎麼有辦法這麼淡定的？
雲宓不知道齊淮說的「等著」到底要多久，但幾天後蕭子長便離開了南雲村，趙玉軒還是每日過來上課，其他時間便折騰那個收購站，那裡開始收購各種果子，雲忞教蓉蓉釀起了果酒。

茶葉也製好了，同樣的茶樹在茶農夫婦那座山上製出來的是劣質茶葉，到了雲忞家的山頭上炒出來的卻是難得的上等茶。

這些茶葉送去知之茶舍販售，樣品茶一擺出來，茶葉便銷售一空。

如今的知之茶舍已經不是那麼好進的了，來自府城還有其他縣的商人幾乎日日守在這裡，知之茶舍的門票價格也被炒上來，還多了許多黃牛在這裡賣票。

齊子驍得知以後，直接將那些黃牛揍了一頓，敢從他這裡倒賣，不要命了。

賀黎來的時候是個下雨天，齊子驍正在知之茶舍的二樓喝茶，盛心月坐在他對面跟他核對這個月的賬目。

「從下個月起賬目就全交給妳，不用跟我對賬了。」齊子驍道。

盛心月抬頭問道：「為什麼？」

「我要離開這裡一段時間。」

盛心月皺眉說：「離開這裡？你要去哪兒？雲掌櫃呢？你們一家人都要離開嗎？」

「不。」齊子驍搖了搖頭。「只有我。」

盛心月還想問些什麼，但她似乎沒有立場。「好，我知道了，我可以每個月去南雲村找雲掌櫃對賬。」

「別去了，因為二嫂有身孕，二哥不許她管這些事情，蕭大哥也不在家，沒人管賬，妳只要按月送銀子過去就行。」

盛心月遲疑了一瞬，還是問道：「那你還回來嗎？」

齊子驍倏地一瞪眼道：「我不回來能去哪兒？」他會做美食的二嫂可是還在這裡啊！

盛心月勾唇一笑說：「問問而已，我怕你離開的時間太長了，我若成親你趕不回來給禮金。」

「妳要成親了？」齊子驍好奇道。

「也許很快吧。」盛心月手撐著下巴。「要想成親可太簡單了。」

簡單嗎？齊子驍想了想，警告她。「妳可得瞪大了眼睛好好找，若是對方貪圖肥皂生意而娶妳，我們可是會跟妳中止合作的。」

盛心月苦笑一聲，輕輕點了點頭道：「知道了。」

這個不可一世的盛小姐竟然會說「知道了」，齊子驍不禁狐疑地看了她一眼。

此時傳來了敲門聲，夥計說縣令大人來訪，要見齊子驍。

賀黎一進來，盛心月便離開了雅間，讓夥計重新上了一壺茶。

齊子驍懶懶地靠在椅子上看著賀黎說：「賀大人最近肥皂賣得不錯啊。」

他們的肥皂主要在泗寧縣販賣，賣去府城的肥皂是穆銘暗中找了個人少量供應的，肥皂畢竟供不應求，在這種情況下，賀黎的豬胰皂銷路還是挺好的，豬胰皂雖然價格便宜，但簡單易做，也讓賀黎賺了個盆滿缽滿。

賀黎沒理會齊子驍的冷嘲熱諷，只看著他道：「你究竟是誰？」

「我？」齊子驍指了指自己的鼻尖。「大人什麼意思？不會以為我是什麼江洋大盜，要把我抓起來吧？」

賀黎攥緊了手指說：「龍虎山上有一群山匪，大當家叫穆銘，與你來往甚密。」

齊子驍看著他，面無表情。

賀黎又道：「慶陽王世子是被穆銘帶走了。」

齊子驍垂眼思索了一番，再次抬頭時，整個人跳了起來，一手掐住了賀黎的脖子，低聲道：「賀大人，活著不好嗎？」

站在門外的侍衛立刻闖了進來，將劍架在齊子驍的脖子上道：「放開我們大人。」

只見齊子驍輕蔑地笑了笑，正要開口，卻聽賀黎道：「帶我去見見淮遠吧。」

齊子驍傳了信回南雲村，收到回信後，他親自帶賀黎前往齊家。

雲忞知道賀黎的身分，對於他的到來不詫異但存了些戒備，畢竟她不曉得賀黎到底想做什麼，但齊淮能讓齊子驍帶他來這裡，想必心裡有數。

她待在門外轉了好幾圈，終究還是將耳朵貼在了窗縫上。

屋內，賀黎低著頭好一會兒才哽咽道：「你早就知道我在泗寧縣，甚至還見過我對不對？為什麼不與我相認？是怕我會害你嗎？」

難怪當初在知之茶舍見到齊淮時會覺得有些眼熟，因為他就是與自己多年不見的周淮遠！當初的少年，已經長成眼前的大人了……

賀黎抬起頭紅著眼眶道：「我在你眼裡就如此不堪嗎？」

齊淮無聲嘆了口氣，半晌才道：「師兄，不是這樣的，我……多一個人知道，便多一分連累。」

「我怕你連累我嗎?!」賀黎忍不住拍了拍桌子。

賀黎發了一頓脾氣，齊淮並未回嘴，雲忞在外面忍不住咋舌，這縣令大人看著溫文爾雅，發起火來還挺可怕的。

發洩完後，賀黎忍不住落淚道：「老天長眼啊……」

等賀黎平復了心情，兩人才開始談正事，賀黎道：「之前我用你們的豬胰皂方子賺銀子，如今你是否猜出我要做什麼了？」

齊淮垂眸道：「起初並未多想，後來得知你抓了世子後，便想通了許多。師兄，你在替二皇子做事？」

賀黎挑眉道：「不愧是淮遠，雖身不在朝堂，卻將局勢看得明明白白。」

「皇上膝下不過兩個皇子，大皇子個性暴戾，二皇子資質平庸些，性子卻還算溫和，若從這兩者之中選一個，自然是二皇子。」賀黎喝了口茶，語氣平靜道：「我勢必是要將安王拖下馬，之前不得已選了二皇子，但現在不同了。」

賀黎看著齊淮，喊了一聲。「淮遠。」

兩人四目相對，一切盡在不言中，而門外的雲宓忍不住攥緊了手。

齊淮朝窗邊那個若隱若現的影子看了一眼，然後對賀黎道：「師兄，你應該清楚，我才是最不合適的那個人。」

這是顯而易見的道理，齊淮不是皇家子弟，若想登高位，必然要挑起戰爭，他不願意；若扶植一個小皇帝，勢必要當個權臣攬弄風雲，他也不肯，所以讓所有人都以為他真的死了，才是最好的方法。

賀黎眉頭皺得死緊道：「可穆銘和蕭子長……」

「兩位皇子不堪大任。」齊淮盯著賀黎，語速緩慢。「師兄難道不想另擇賢主？」

賀黎眉頭倏地一挑，問道：「你是說慶陽王世子？」

齊淮沒說話，過了好一會兒，賀黎才道：「世子年幼，王妃母家那邊一旦得權，與如今形勢又有何不同？」

只見齊淮笑了笑，站起身來到賀黎身邊，在他肩上拍了拍道：「外祖父說過，師兄有濟世之才。」

賀黎抬頭看他，齊淮又道：「千里馬也需伯樂，師兄應該見過世子，他雖年幼，卻心性堅韌，堪當大任。」

兩個時辰後賀黎才離開房間，他看到雲宓，對她笑了笑，不等她說話，賀黎就從袖子裡摸出一塊玉珮交給雲宓道：「這是我給孩子的見面禮。」

雲宓一愣，回道：「還沒生呢。」

「先收著吧，怕是到時候趕不及過來。」賀黎道。

雲宓有些不知所措，此時齊淮走了出來，對她點頭道：「收著吧。」

見齊淮發話，雲宓這才道了謝，將玉珮收下。

賀黎在這裡吃了頓晚飯，住了一宿，翌日便離開南雲村，齊子驍也跟著他走了。

雲宓本以為這次不過是普通的分別，過幾日齊子驍就會和穆銘一塊兒跑來，讓她給他們做肉乾、辣條之類的小零食，但這次卻很反常，穆銘和齊子驍一直沒回來，而蕭子長更是音信全無。

直到一個月後，盛心月拿著賬本出現在南雲村，雲宓才知道齊子驍已經遠行了。不過趙玉軒還待在這裡，每日天沒亮就過來讀書習武，再也沒有提過他父王的事情。

日子一天天過，村裡的馬鈴薯大豐收，除了每戶上交給雲宓的一百斤外，其他馬鈴薯被村民賣到了鎮上、縣裡甚至府城。

隔壁村的里正跑到南雲村想學習如何種植馬鈴薯，南世群過來詢問雲宓和齊淮，雲宓同意將馬鈴薯的種植方法教給他們，並且將收回來的馬鈴薯當作種子賣給他們，條件同樣是收穫後每家要交給她一百斤。

馬上又要入冬了，家裡有很多辣椒，雲宓教蓉蓉醃了辣白菜，一部分送到泗寧縣去賣，一部分留著自己吃。

雲記現在的買賣交給了盛心月，她每個月會送銀子到南雲村，而龍虎山那邊則由酈大龍和程三虎接手。買賣一如既往地做，但雲宓已經很久沒見到穆銘、蕭子長和齊子驍了。

「穆大哥、蕭大哥和三郎什麼時候能回來？」雲宓問齊淮。

齊淮擁著她站在窗口輕聲道：「也許很快，也許要很久。」

雲宓不禁嘆了口氣。

這回過年時有些冷清，但雲宓還是準備了豐盛的年夜飯，大部分是趙玉軒愛吃的，雲宓想著總有要分開的那一日，能多吃一些是一些吧。

趙玉軒越來越沈默，他本就比尋常孩子要成熟得多，現在更是彷彿一夜之間長成了個大人。

過年期間賀黎也來了，還帶來了一個消息——兩個皇子相繼暴斃，皇上生了重病，安王把持朝政，而豐川大軍已經快要入京了。

「淮遠，這些年我一直在等待機會，現在機會來了。」賀黎看著齊淮。「你再考慮一下。」他多年籌謀只為自己的老師，為枉死的周淮遠。

齊淮搖了搖頭，端起酒杯跟賀黎碰了一下道：「師兄，希望有朝一日你能夠實現你心中的抱負。」

賀黎輕輕嘆了口氣，知道齊淮下定了決心，再勸說也無用。

初春時節，雲宓平安順利地生下了一個六斤的女孩，齊淮一直懸著的心終於放了下來，並對雲宓說以後再也不生孩子了。

齊淮想給女兒取個小名，恰巧女兒出生時，齊淮剛剛移栽了些木槿花在院中，於是便取名木槿，意為堅韌自由。

趙玉軒將隨身的玉簪子送給了小木槿，雲宓不肯收，趙玉軒便道：「我現在就只剩下這一個還拿得出手的東西了，就算是留個念想吧。」
這幾個月朝中局勢動盪，雲宓知道趙玉軒怕是在南雲村待不了多久了。
雲宓忍不住揉揉他的頭道：「軒哥兒，以後一定要事事小心。」
小木槿做完百日宴後的一天，賀黎帶著人來到南雲村，說要帶趙玉軒離開。
慌忙之中，雲宓只來得及準備了一些糖炒栗子和豬肉乾給趙玉軒帶上，趙玉軒則將收購站的賬本都交給了雲宓。
「真不捨。」趙玉軒苦笑一聲。「其實這種日子也挺好的。」
雲宓將賬本收起來，笑著對他道：「我先幫你管著，說不定有一天你還會回來呢。」
趙玉軒垂下了眼眸。他若活著，自然不會再回到南雲村；若死了……就更不可能了。
臨行前，趙玉軒跪在齊淮書房外磕了三個頭，接著便頭也不回地跟著賀黎出門了。
南文錦聽說趙玉軒要離開，立刻收拾了包袱，說要跟趙玉軒一起走。
雖然南世群不知道趙玉軒的真實身分，但經過這些時日的相處，多少知道這孩子絕非普通人，此時外面戰亂，他們當然不願意讓南文錦跟著趙玉軒離家。
誰知南文錦鐵了心一定要走，南世群便將他關了起來，不料他撬開窗戶爬了出去，跑去追趙玉軒了。
等南世群發現時，已經過去了好幾個時辰，南世群和邱雪跑來齊家找齊淮想辦法，齊淮立刻讓齊朗去縣裡看看還能不能追上賀黎，但已經晚了，他們不見了蹤影。

南世群知道這件事誰都怪不得，只能回家燒香祈福，祈禱南文錦能夠好好活著。

戰亂的消息傳開，大家都惶恐起來，生怕受到戰火牽連，好在泗寧縣離京城遠，還算安穩。

「三郎他們會有危險嗎？」雲宓一直沒問齊淮這些事情，但她實在忍不住了，畢竟他們三個已經很長時間沒了音訊。

「應該不會。」齊淮抱著小木槿輕輕晃著哄她睡覺。「穆銘與子長去了邊陲，那裡有三十萬周家軍，三郎去了京城，只要籌謀得當，可以兵不血刃。」

「你呢？你為什麼不去？」雲宓問道。

「我是個已死之人，不露面才是最好的。」齊淮將睡著的小木槿放到小床上，抬手撫了撫雲宓耳邊的髮絲。「我在這裡陪妳不好嗎？」

雖然齊淮嘴上這麼說，但雲宓半夜醒來時還是經常看到他站在窗邊徹夜難眠，雲宓不知道怎麼安撫他，只能環住他的腰，頭枕在他肩膀上，輕輕喊他的名字。

齊淮轉過身，看著雲宓的雙眸道：「這是我想要的日子，與妳一起朝朝暮暮。」

雲宓笑了笑，捧住齊淮的臉，踮起腳尖在他唇上親了親。

因為戰亂，各方生意不太好做，肥皂不再賣往府城，只在泗寧縣販售，儘管生意還算過得去，但是銀子少賺了很多。

雲宓和齊淮一直待在南雲村，馬鈴薯熟了一茬又一茬，直到馬鈴薯對這一帶的人來說再也不是稀罕物品。

次年臘月，皇帝病逝，安王因謀逆被斬首。國不可一日無君，因為皇帝已無存活的子嗣，朝中眾大臣一致推舉慶陽王世子成為新皇。

新皇繼位，舉國同慶。

# 第四十章　擁抱幸福

消息傳到南雲村時，恰逢大年三十。

雲宓開心不已，做了一桌豐盛的飯菜慶祝，此時小木槿已經三歲了，跪坐在凳子上握著一雙雲宓特地讓齊老頭做給她的練習筷，挾起了盤裡的紅燒肉。

雲宓輕輕打了一下她的手背道：「小孩子不可以多吃。」

小木槿噘了噘嘴，放下筷子爬下凳子跑去向齊淮撒嬌。「爹，娘壞，不給我吃。」

齊淮捏了自家女兒的小鼻子道：「妳娘親說得對，妳太小，不可以多吃。」

「好吧。」小木槿嘟著嘴。「爹和娘永遠站在一塊兒。」

雲宓敲了她額頭一記，然後嘆口氣道：「三郎最喜歡吃紅燒肉了。」

「三郎是誰？」小木槿眨著大眼睛問。

「妳不能叫他三郎，要叫小叔叔。」雲宓抱起她。「妳小叔叔特別喜歡吃娘做的東西，他要是在啊，娘給妳做的那些奶酪棒一眨眼就會被他吃光了。」

「啊……」小木槿嚇壞了，抱緊了斜揹在身上放著小零嘴的小布袋。「小叔叔好嚇人啊。」

桌前眾人都笑了起來。

雲宓一句話在小木槿的心裡留下了很大的陰影，她一直偷偷念叨著。「小叔叔可千萬別回來啊！」

吃過年夜飯後，蓉蓉帶著小木槿去前院裡玩，雲宓泡了一壺茶，是蕭子長帶回來的茶樹種子長成後收穫的茶葉製成的。這茶葉的品質極佳，與雲宓前世喝過的碧螺春很像，但口感更好。

這種茶樹太少，總共不過製成了幾罐茶，除了一罐給齊淮留著喝，雲宓將其他的都收了起來，說要留給蕭子長，畢竟是他帶回來的茶樹種子，他自己都還沒喝上呢。

只是留了許久，人卻還未回來，新茶都變成了陳茶。

「齊二哥，過了年咱們去府城開個鋪子吧。」雲宓道。不等齊淮說話，她又小聲問道：「現在應該沒關係了？」

齊淮身分敏感，過去他們不敢太高調，現在朝中有「自己人」，應該沒什麼大問題才是。

只見齊淮點了點頭道：「當然可以，妳有什麼想法嗎？」

雲宓托著腮說：「咱們先把肥皂大量賣去府城，再賣到京城裡去……你說咱們能不能成為皇商？跟皇家做生意會不會特別賺錢？」

說著說著，雲宓腦海裡開始浮現各種幻想。這軒哥兒怎麼樣都在他們家住了這麼長一段時間，走個後門應該不成問題，再說了，她這裡的可都是好東西。

齊淮淡淡笑了一下，端起茶杯喝了口茶後才慢悠悠道：「新皇登基，國庫空虛，正是殺熟的時候。」

「呃……」雲宓忙擺手。「那算了吧，咱們還是老老實實待在縣裡，最多賣去府城，離皇上離遠一點。」軒哥兒的心思可深沈了，別到時候來個人財兩空。

齊淮低低笑了幾聲，起身牽住她的手道：「走吧，去寫新年願望。」

後院裡擺著好幾盞孔明燈，雲宓和齊淮相視一笑，拿起了筆。

前院裡，蓉蓉帶著小木槿玩遊戲，小木槿跑累了，讓蓉蓉去屋子裡給她端酸奶喝，蓉蓉剛進屋，大門處便傳來了敲門聲。

南雲村現在很安穩，孩子到處閒逛很正常，村裡也有很多小孩會過來找小木槿玩，因為她身上有許多稀有的零食，而小木槿也從來不吝嗇，總是跟他們分享，所以小木槿現在可是村裡的紅人。

小木槿像往常一樣過去打開門，卻見門口站著一個風塵僕僕、高高瘦瘦的年輕男人。男人看到她後先是一愣，隨即咧嘴一笑道：「這是哪家的小孩啊？」

小木槿警惕地退了一步說：「我就是這家的小孩，你是誰啊？」

「妳是這家的小孩？」齊子驍怔了怔，然後激動萬分道：「妳是我二嫂生的吧？這麼大了嗎？我以為妳還不會走路，只能躺在炕上呢！」

小木槿覺得這人有些可怕，娘親跟她說過要是遇到陌生人，不能跟他們說話，也不能跟他們走。

「我叫三郎，是妳的小叔叔。」齊子驍蹲下身子，對她露出自以為和藹可親的笑容。

小木槿聽到「小叔叔」三個字，再看到眼前這個人，內心的恐懼加倍，但她卻佯裝鎮定道：「你往後退一步。」

「往後退一步？」齊子驍撓撓頭。「好，我往後退。」

齊子驍往後退了一步後，小木槿看了看他，又讓他往後退一步。

見齊子驍又聽話地往後退了一步，小木槿便抓緊機會「砰！」的一聲關上了大門，蓉蓉剛好走過來，小木槿忙讓她把門拴好。

「走走走，快走。」小木槿牽著蓉蓉的手往後院跑。

門外，齊子驍愣了好一會兒才反應過來——他這是被拒於門外了？

「喂……」齊子驍拍門。「開門啊！喂……」

「那個小孩……」

「快過來開門啊！」

後院裡，小木槿撲倒在雲宓懷裡，拍著小胸脯說：「好嚇人……」

「怎麼了？」齊淮抱起她。

「小叔叔太嚇人了。」小木槿道：「爹，他真的會把我的奶酪棒都給吃沒了嗎？」

齊淮想了想，點頭道：「嗯，他會的。」

小木槿不禁抱緊了齊淮的脖子。嗚嗚嗚，好可怕，多虧她把他關在門外了。

雲宓將寫好的孔明燈放到天上，心道：願天下太平，全家團圓。

「來，槿兒，許個願。」雲宓親了親小木槿紅撲撲的小臉蛋。

小木槿雙手合十，在心裡默念：希望小叔叔不要回來。

齊淮將雲宓和女兒一起摟入懷中，在雲宓臉上落下一吻，心道：願歲歲年年長相守。

齊子驍總共離開了三年。

蕭子長和穆銘拿著齊淮的手書去了邊陲，那裡有三十萬周家軍，而他則去了京城。

待京城的一切準備妥當後，賀黎也帶著趙玉軒悄悄抵達。

賀黎在京城、蕭子長在軍中，兩邊互相籌謀，三年之間歷經生生死死，終究是等到了世子登基。

他是死過一次的人了，從未謀求高官厚祿，只不過，要想逍遙自在，總得先解決後顧之憂，所幸最後一切陰霾散去，迎來了好結果。

等一切告一段落，齊子驍立刻收拾行裝要回南雲村，已成為當今天子的趙玉軒親自前來挽留。這三年要不是齊子驍隨身護衛，趙玉軒怕是早就沒了命。

齊子驍婉拒了他的好意，執意離開。

趙玉軒想了想，把已成為天子伴讀的南文錦叫過來，讓他跟齊子驍一起返鄉，並叮囑道：「去跟老師談，將馬鈴薯運往京城，還有肥皂，雲娘那裡有很多咱們沒見過的東西，你跟她說，朕想跟她做生意。」朝政現在還不穩，他需要大量的銀子。

南文錦跟齊子驍都歸心似箭，打算即刻離京，想不到穆銘也揹個包袱跑了過來，說要跟他們一起走。

齊子驍忍不住皺眉道：「你都有官職了，怎麼走？」

「辭官啊。」穆銘嘆著氣搖頭。「以前總想著建功立業，可到了現在，還是最懷念南雲村的生活、最想念夫人做的飯……這狗屁官有什麼好當的，我要跟你一起去逍遙自在。」說著，穆銘伸直雙臂歡呼。「火鍋、痲辣燙、紅燒肉、糖醋排骨，我來了！」

齊子驍小聲嘀咕。「又來一個搶飯的。」

不等三人啟程，身後傳來馬蹄聲，轉眼間，幾匹馬便來到了眼前。

「唷，是子長啊。」穆銘一臉壞笑。「你來送我們嗎？唉，現在朝堂上可離不開你，放心好了，你那份火鍋我會幫你吃的。」

蕭子長看他一眼，然後對身邊兩名侍衛招了招手，兩名侍衛立刻上前要綁穆銘。

「你幹麼?!」穆銘瞪大眼看著蕭子長，揮手震退兩名侍衛。

齊子驍有些緊張地說：「蕭大哥，怎麼啦，穆大哥犯什麼事了？」

蕭子長對齊子驍笑了笑，說道：「沒事，你們都走了，我自己留在京裡多淒涼啊，所以他不能走，得留下來陪我。」

「你……」穆銘怒了。「蕭子長，你還有沒有點人性了？」

蕭子長淡淡道：「沒有，我得不到的，你也休想。」

「蕭大哥說得對。」齊子驍猛點頭，並幫助兩名侍衛將穆銘綁了起來。

蕭子長非常滿意，對齊子驍道：「一路順風，別忘了把信交給將軍。」

齊子驍笑咪咪地跟兩人道別。「蕭大哥、穆大哥，你們要好好的，我先走了。」他毫不留戀地策馬遠去。

目送齊子驍與南文錦離開後，蕭子長一轉頭便看到穆銘陰惻惻地盯著他看。

蕭子長笑了笑，用馬鞭挑了挑他的下巴道：「最多兩年，我跟你一起回去。」

「你真不是人啊。」穆銘恨得咬牙切齒。他日日夜夜想了火鍋三年了，眼看馬上就要吃到，就這麼沒了。恨啊，他好恨！

蕭子長在馬背上抽了一鞭子，說道：「走吧，回去請你喝酒。」

一提起酒，穆銘更恨了。離開的那年，夫人說要釀果酒，也不知那果酒釀好了沒？

齊子驍回到南雲村時恰逢大年三十晚上，被他們家大小姐拒之門外後喊破了喉嚨也沒人理他，最後翻牆進屋時差點兒被他爹當小偷打出去，多虧他反應快，不然又得瘸一次腿。

歷經幾番折騰，齊子驍終於再次坐到了熟悉的飯桌前。紅燒肉、糖醋排骨，還有什麼他沒吃過的酸湯肥牛、酸菜餃子，那叫一個美味啊，把齊子驍都好吃得哭了。

齊子驍一邊哭一邊大口吃，一旁小木槿倚在雲宓身上噘著嘴看著他說：「羞羞臉，我都不哭鼻子了。娘說過，越哭鼻子越不給好吃的，我的奶酪棒不會給你。」

聞言，齊子驍猛地抬頭盯著雲宓道：「奶酪棒是什麼？聽著就好好吃的樣子……」

家裡所有的奶酪棒都在小木槿的小布袋裡，旁的東西，小木槿一點也不吝嗇分享，但就是這個奶酪棒，因為不好做又太可口，所以她自己都不捨得吃，何況分給別人。

雲宓跟她商量。「槿兒啊，分妳小叔叔一根好不好？」

「不要，他哭鼻子，一點都不乖。」

「他不是不乖，是因為開心所以才哭的。」

「娘騙人，開心才不會哭呢，開心只會笑。」小木槿一點都不上當。
齊子驍頓時無語。完了，他在這個家裡一點地位都沒有了。
最後小木槿看齊子驍哭得實在是太可憐了，還是分給了他一根奶酪棒，齊子驍吃完後，哭著去書房寫信，他要告訴穆銘和蕭子長奶酪棒有多美味，勢必要把他們羨慕哭。
回到南雲村的齊子驍又過起了以前那自由自在的齊家三郎生活，不只有各種吃的喝的，還有一個小木槿陪他玩，但這種快樂裡似乎還夾雜著一絲……惆悵。
雲宓總覺得齊子驍有些不對勁，但又說不出哪裡有問題。
「他現在都二十歲了，應當跟以前不一樣了。」齊淮如是說。
雲宓輕哼了一聲道：「他都能哭著跟槿兒搶奶酪棒了，哪裡跟以前不一樣啦？」
齊淮無奈，他已經努力為他挽回尊嚴了，但齊子驍……似乎本來就沒什麼尊嚴可言。
正月十五這日一大早，小木槿早早便起床梳洗打扮，將各種零食往她的小布袋裡塞。
「妳要去哪兒？」齊子驍晃過來，往她小布袋裡瞅，看那裡面有沒有自己沒吃過的。
小木槿捂住自己的小布袋，對他哼唧一聲，奶聲奶氣道：「我今天要去縣裡，月姨姨說要帶我去看花燈。」
月姨姨？齊子驍輕咳一聲道：「喔。」

「小叔叔，你去嗎？」小木槿道：「月姨姨長得很漂亮，比娘親就差那麼一點點而已。」她豎起了小拇指。

雲宓聞言，笑咪咪地對齊淮道：「還是我女兒對我最好。」

齊淮「嘖」了一聲，微微彎腰在她耳邊說道：「我難道沒跟妳說過妳在我心裡是最好看的嗎？」

雲宓臉紅了起來，推了他一下。

「我就不去了，你們去吧。」齊子驍有些不自在地說道。

「為什麼不去啊？」雲宓看著他，瞇著眼睛道：「今日是元宵節，縣裡很熱鬧，你怎麼可能有熱鬧卻不湊呢？」

「我……」齊子驍沈默，好一會兒才說道：「我歷練三年，如今成熟穩重，是大人了，怎麼可能去看什麼花燈？」

雲宓覺得他簡直就是在胡說八道。

齊淮若有所思地望著神情閃躲的齊子驍，挑眉道：「不去也好，聽說盛小姐馬上又要相親了，見了你怕是也尷尬，你就待在家裡吧。」

「又相親？」齊子驍忍不住道：「這是相了多少啊？」

雲宓瞬間瞭然，故意道：「人家又沒成親，相親怎麼了？總歸要挑個好的嘛，跟你有什麼關係？槿兒，走了，去找妳月姨姨。」

一家大小乘坐兩輛馬車出門，將齊子驍扔在家裡，齊子驍後悔了，想跟著去，但又掛不住臉，最後咬著牙沒開口。

幾人到了縣裡，先去酒樓吃了一頓好的，又去知之茶舍喝了一會兒茶，到了傍晚時，盛心月忙完了，便過來跟大家一起去逛花燈。

盛心月很是喜歡小木槿，加上街道人多，所以她一直將小木槿抱在懷裡，小木槿便開心地往她嘴裡塞奶酪棒。

雲宓忍不住笑道：「她是真的很喜歡妳，一般這奶酪棒可是誰都不給的。」

「月姨姨，我告訴妳，我小叔叔可太壞了，他還想偷我的奶酪棒呢。」小木槿忍不住告狀。

「小叔叔？」盛心月有些疑惑。

雲宓眸光閃了閃，故作平靜道：「就是三郎。」她用眼角餘光觀察著盛心月。

聽到「三郎」兩個字後，盛心月明顯愣了一下，好一會兒才若無其事道：「三郎回來了？」

「嗯，過年的時候回來的。盛大哥知道啊，他沒跟妳說？」

盛心月搖搖頭道：「我哥這段日子挺忙的，我們好久沒聊聊了。」

「這樣啊。」雲宓思考著怎麼給兩人牽線，她覺得齊子驍這次回來像是開竅了，兩人應該有戲。

正當雲宓絞盡腦汁時，卻聽齊淮開口了。「三郎這人孩子心性，除了習武便是吃吃喝喝、玩玩鬧鬧，有時候子長故意拐著彎逗弄他，他還要三、四天後才反應過來，憨傻得很。」

雲宓笑了一聲，盛心月也勉強笑了笑。

見狀，齊淮不再多說，只道：「但再不開竅的人也總有開竅的一天，無論早晚，都不如剛剛好。」

盛心月手指微顫，偏過頭時恰好看到雲宓被齊淮擁入懷裡，雲宓仰頭看著他說：「當初你在水裡救了我，也是不早不晚剛剛好。」

齊淮滿眼柔情地望著她道：「是啊，人生最難得一個剛剛好。」

兩人相攜的身影落在盛心月眼中，她不由得苦笑一聲。是啊，人生最難得便是不易得，得到的人都是幸運的。

逛完花燈後，齊家人去縣裡的宅子內休息，盛心月也返回知之茶舍。

窗戶傳來一下又一下的敲擊聲，盛心月有些奇怪地走過去打開窗子，便見巷子裡一人靠在牆上，手裡把玩著幾顆小石子，窗子突然打開似乎驚著了他，手裡的石子掉落在地。

三年未見，那人長高了些，臉上的輪廓也清晰了許多。

兩人四目相對，盛心月佯裝鎮定問道：「你怎麼在這裡？」

齊子驍站直身體，有些無措地摸了摸鼻子說：「咱倆第一次見面，就是在這裡。」

那天他在這裡套麻袋打小混混，她坐在窗邊看著他。

盛心月沒說話，齊子驍深深吸了一口氣道：「我想問妳，妳還招親嗎？打斷腿就能娶妳是不是？」

盛心月一顆心忍不住狂跳了起來，但臉上卻是沒什麼表情地說：「已經不作數了，請回吧。」說著就要關窗。

齊子驍急了，兩三下飛身而上，從窗口跳了進來，急切道：「那妳說，現在要什麼條件？」

盛心月後退兩步，看著他說：「孤男寡女，齊三公子莫不是要強迫我？」

「我強迫妳？」齊子驍忍不住道：「當初可是妳強迫我的。」

「你不是拒絕了我嗎？」平靜下來的盛心月恢復了以往的模樣，似笑非笑地看著他。

「是，我當初拒絕了妳。」齊子驍嘆了口氣，在她對面坐下，輕咳一聲，有些不自在地說道：「我也不知道怎麼了，這三年間總是想到妳，作夢也會夢到妳，想回來看妳，也怕妳會真的嫁給了別人，我……唔……」

被突然吻住的齊子驍瞪大了眼睛看著眼前的女子，腦子裡萬馬奔騰。這女人……簡直、簡直無法無天！

蜻蜓點水的一個吻，盛心月很快便退了回去，緩緩眨著雙眼看著他道：「是不是想說我孟浪、不守禮法？但是已經晚了，你剛剛已經說要娶我了。」

齊子驍嚥了口唾沫，小心翼翼道：「現在反悔還來得及嗎？」

「晚了。」盛心月抬手撫了一下耳邊的髮絲。「明日我便去南雲村提親。」

齊子驍摸了摸剛剛被親過的唇，好一會兒才道：「既然已經無法挽回了，那要不然……再親一次？」

盛心月沒料到他會這麼說，有些詫異地看過去，這次齊子驍一把勾住她的腰將她扯入懷裡，盛心月驚呼一聲抱住了他的脖子，齊子驍便順勢低頭吻了上去。

盛心月閉上雙眼，嘴角上揚。

是啊，人生最難得一個剛剛好。

——全書完

2023年4月出版

# 起家靠長姊

文創風 1156～1158

一場變故讓她痛失父母，家裡只餘兩個弟弟及一對雙胞胎妹妹，她身為長姊面對不明事理的祖父母、心狠奸險的叔叔嬸嬸，即便還是個孩子，也得挺起身子拉拔弟妹，絕不教人看輕！

種地榨油開店搏翻身，
長姊攜弟養妹賺夫君／魯欣

從一個爹不親、娘不愛的家庭胎穿到何家，何貞本以為家裡雖苦了點，
但父親可靠、母親慈愛，兩個弟弟又聰明聽話，一家人好好過日子也不錯；
可一場變故讓他們父母雙亡，何家大房只留下三姊弟及早產的雙胞胎，
他們頓時成了二房不喜、三房不要的累贅，連祖父母也不上心……
看盡親人冷暖的她，在父母墳前立狠誓，定要把弟妹撫養成人！
幸好在叔叔、嬸嬸們的「幫襯」下，他們大房順勢分家自立，
只是自己也還是個孩子，大孩子養小孩子，要怎麼撐起一個家？

炮鳳烹龍，回味無窮／昭華

2023年4月出版

# 廚神大嫁光臨

生活改善了，安全也得顧上，畢竟家裡都是老弱婦孺，
於是她讓他有空時去找條狗崽子回來養著好看家護院，
結果他竟帶了條蛇回來，還說能長很大，比較有震懾力，
不是啊，不管牠能長多大，也沒人拿蛇來看家護院哪！
真讓小蛇長成巨蟒，誰還敢來她家？客人都得被嚇跑啊！

文創風 1151 1

許沁玉懵了，她剛拿下世界級廚神的冠軍，結果回酒店的路上就出了車禍，
睜開眼後，她竟來到了盛朝，成為流放西南的一個新婚小婦人！
說起這個原身，來頭還不小，是德昌侯府二房的嫡二姑娘，嫁的是四皇子，
但本來要嫁給四皇子裴危玄的不是原身，而是原身三房的嫡三妹妹，
可四皇子的親哥大皇子爭奪皇位失敗，新帝登基後就流放了他們一家，
三妹妹不願嫁去受罪，於是入宮勾著新帝下了紙詔書，讓原身代妹出嫁，
然後原身在流放時香消玉殞，她又穿成了原身，這番劇情操作她能不懵嗎？

文創風 1152 2

好吧，既來之則安之，許沁玉決定代替原身好好活下去，
既然她如今占了原身的身體，總該替人家盡盡孝道，
不過眼下最要緊的，還是得趕快想想辦法活著，
否則都不用等他們到達流放地，一家子就要餓死、病死在路上了，
幸好她擁有廚藝這項金手指，而且她的廚藝不是普通的好，
再加上這朝代的食物多是蒸煮出來的，炒還不盛行，炒菜的味道也很一般，
所以她靠著幫押送犯人的官兵們煮飯，成功換來自家的特殊待遇活下來啦！

文創風 1153 3

大家見許沁玉年紀小，覺得她頂多是個小廚娘罷了，大多不把她放在眼裡，
可身為廚神，在這美食沙漠的朝代，她就是綠洲般的存在，是神的等級啊！
她甚至不用出全力，只拿出兩三成的實力，就夠讓食客們讚不絕口了，
果然不論身處什麼地方，有一技在身就不怕餓死，
食肆、酒樓、飯莊，她的店鋪一家家地開，還越開越大間，
珍饈美食一道道地端出來賣，眾人大排長龍也心甘情願，只求嚐上一口，
這下子，她還愁沒錢賺嗎？她愁的是店裡的人手不夠多、店面不夠大啊！

文創風 1154 4

她就覺得奇怪，四哥裴危玄怎麼說也是個成年皇子，又是大皇子的親弟弟，
為何新帝登基後沒有趕盡殺絕，只是將他流放而已？
原來四哥從小就是個病秧子，人家新帝是為顯仁慈又覺得他根本不足威脅，
殊不知四哥被她一路餵養，活得很好，而且他不是身體孱弱，是自幼中毒，
經過他自個兒的解毒後，病弱的身體漸漸好了起來，
許沁玉這才曉得四哥醫術、武功都很好，還能觀天象，並擁有馭獸的能力，
老實說，嫁給這種各方面條件俱佳的夫君，她不虧，可他們之間沒有愛啊！

文創風 1155 5 完

趁著四哥跑商回家休息的空檔，許沁玉跟他提了一嘴和離的事，
豈料四哥聽完後，臉色徹底黑了，跟她說不要和離，他想娶的人是她，
本來以為四哥只是把她當成妹妹看待，沒想到四哥竟然想娶她？
一想到他喜歡她，她的心就跳得厲害，心裡不知為何竟有絲絲甜意泛起，
那……既然似乎是兩情相悅，不然就先談個戀愛看看？
倘若能行，她堂堂廚神就大嫁光臨，與他做一對真夫妻；
如果不成，那彼此應該還是可以繼續維持著兄妹關係……吧？

風 文創
1166

# 香氛巧廚娘 下

國家圖書館出版品預行編目資料

香氛巧廚娘 / 九葉草著. --
初版. -- 臺北市 : 狗屋出版社有限公司, 2023.05
冊 ; 公分. --（文創風 ; 1165-1166）
ISBN 978-986-509-425-6（下冊 : 平裝）. --

857.7　　112004930

| | |
|---|---|
| 著作者 | 九葉草 |
| 編輯 | 連宓均 |
| 校對 | 陳依伶 |
| 發行所 | 狗屋出版社有限公司 |
| 地址 | 台北市104中山區龍江路71巷15號1樓 |
| 電話 | 02-2776-5889～0 |
| 發行字號 | 局版台業字845號 |
| 法律顧問 | 蕭雄淋律師 |
| 總經銷 | 知遠文化事業有限公司 |
| 電話 | 02-2664-8800 |
| 初版 | 2023年5月 |
| 國際書碼 | ISBN-13　978-986-509-425-6 |

本著作物由北京晉江原創網絡科技有限公司授權出版

定價280元
狗屋劃撥帳號：19001626
網址：love.doghouse.com.tw　E-mail：love@doghouse.com.tw